AF651498

खुशियों का देश
भूटान

खुशियों का देश
भूटान

(मेरी विदेश यात्राएँ : तीन)

डॉ. रमेश पोखरियाल 'निशंक'

प्रभात प्रकाशन, दिल्ली
ISO 9001:2015 प्रकाशक

प्रकाशक • **प्रभात प्रकाशन**
4/19 आसफ अली रोड,
नई दिल्ली–110002
सर्वाधिकार • सुरक्षित
संस्करण • प्रथम, 2019
मूल्य • दो सौ पचास रुपए
मुद्रक • आर–टेक ऑफसेट प्रिंटर्स, दिल्ली

KHUSHIYON KA DESH BHUTAN
by Dr. Ramesh Pokhariyal 'Nishank' ₹ 250.00
Published by Prabhat Prakashan, 4/19 Asaf Ali Road, New Delhi-2
e-mail: prabhatbooks@gmail.com ISBN 978-93-5322-274-1

गुरु रिंपोचे (स्वामी पद्मसंभव)
को
जिन्होंने आठवीं सदी में भारत और भूटान के मध्य
युग-युगांतर के संबंधों की
नींव रखी।

डॉ. निशंक ने अपने साहित्य, समाजसेवा और राजनैतिक कृतित्व से विश्व में प्रसन्नता को फैलाया है, इसलिए वह विश्व के 'हैप्पीनैस' के ब्रॉड एंबेसडर हैं। भूटान उनको सम्मानित करते हुए हर्ष का अनुभव करता है।

—शोरिंग तोगबे
प्रधानमंत्री, भूटान

भूटान की राजधानी थिंपू में प्रधानमंत्री श्री शोरिंग तोगबे से भूटान राष्ट्र का 'हैप्पीनैस अवार्ड' ग्रहण करते हुए लेखक डॉ. रमेश पोखरियाल 'निशंक'

दिल की बात

एक लंबे अर्से से मन में भूटान जाने की इच्छा थी। वर्ष 2010 में पर्वतीय क्षेत्र के मुख्यमंत्रियों के शिमला कान्क्लेव में मैंने महसूस किया था कि यदि हिमालय क्षेत्र का विकास करना है तो इसके लिए एक विशेष रणनीति के सृजन की आवश्यकता है। एक ऐसी ठोस रणनीति, जिसका धरातल पर सफल क्रियान्वयन हो सके।

मैंने इस बैठक में विकास के लिए सभी हितधारकों के साथ मिलकर एक समग्र रोडमैप तैयार करने पर जोर दिया, जिसके माध्यम से हिमालयी क्षेत्र को एक इकाई के रूप में देखकर इसके विकास हेतु प्रयत्न किए जा सकें। समयबद्धता और कुशल क्रियान्वयन संबंधी निगरानी तंत्र की स्थापना और हिमालय से जुड़े विभिन्न मुद्दों पर हिमालयी राज्यों के बीच एकता स्थापित करने का प्रयास किया। शिमला प्रवास के दौरान मन में यह विचार आया कि मुझे सभी हिमालयी देशों की यात्रा करनी चाहिए, साथ ही मुझे लगा कि कहीं-न-कहीं हम सभी अपने साझे सांस्कृतिक मूल्यों एवं अपनी समृद्ध विरासत से जुड़े हैं, ऐसे में साहित्य एक सेतु के रूप में सभी राष्ट्रों को एक कर सकता है। मुझे ऐसा भी लगा कि हमारे लोगों के मध्य अधिक-से-अधिक सांस्कृतिक आदान-प्रदान होना चाहिए। सामाजिक, आर्थिक, राजनैतिक एवं सांस्कृतिक संबंधों को प्रगाढ़ करते हुए क्षेत्रीय विकास की अवधारणा को धरातल पर उतारना चाहिए। यह महज संयोग था कि भूटान के विदेश मंत्री भी यही कुछ महसूस करते हैं। थिंपू हवाई अड्डे पर उन्होंने मुझसे यही कहा।

20 फरवरी की सुबह को जब भूटान के विदेश मंत्री से मेरी मुलाकात

हुई तो उन्होंने मुझसे कहा कि भूटान के संबंध में भारत के कम ही लोगों को जानकारी है। उन्होंने कहा कि हम इतने निकट होते हुए भी People to people contact (वैयक्तिक संपर्क) के मामले में काफी दूर हैं। उन्होंने आगे बताया कि भूटान देश में अधिकतर लोग हिंदी समझते हैं, विशेषकर 1960 के दशक में स्कूली शिक्षा ग्रहण करनेवाले अधिकांश लोग अच्छी हिंदी बोल लेते हैं। विदेश मंत्री ने इस बात पर जोर दिया कि भूटान के बारे में भारतीय लोगों को अधिक जागरूक करने की जरूरत है और ऐसे में दोनों देशों के मध्य अधिक सांस्कृतिक, साहित्यिक आदान-प्रदान की आवश्यकता है। इसी क्रम में मैं यह बताना चाहूँगा कि भूटान नरेश से वार्त्ता के दौरान यह विषय सामने आया कि भूटान और भारत के सदियों पुराने संबंध हैं। आठवीं सदी में गुरु रिंपोचे ने, जिन्हें हम 'पदमसंभव' के नाम से जानते हैं, भूटान में बौद्ध धर्म की पताका को फहराया था।

भूटान के लोग गुरु रिंपोचे को भगवान् बुद्ध का ही रूप मानते हैं। बातों-बातों में भूटान नरेश ने बताया कि हमारी साझी धार्मिक विरासत है। भूटान नरेश ने बताया कि भूटान का धर्म, अध्यात्म और आस्था हिंदू धर्म से जुड़ी हुई है। उनका भी यह मानना था कि हिमालय क्षेत्र के सुनियोजित एवं सतत विकास हेतु दोनों देश मिलकर काफी काम कर सकते हैं।

उन्होंने कहा कि आपने भूटान आने में काफी देर कर दी है। उनका मत था कि अगर हम दोनों देशों को निकट लाना चाहते हैं तो हमें हर स्तर पर अपनी पारंपरिक गतिविधियाँ बढ़ानी ही चाहिए। दोनों देशों के बीच आधिकारिक और मंत्री स्तर पर ज्यादा यात्रा होनी चाहिए।

भूटान नरेश से बातों में मैंने स्वयं स्वीकार किया कि मुझे भूटान काफी पहले आना चाहिए था, क्योंकि 2010 में मेरे मुख्यमंत्रित्वकाल में भूटान नरेश ने मेरे आवास पर आकर स्वयं मुझे भूटान आने का निमंत्रण दिया था।

भूटान से और उसके लोगों से व्यक्तिगत रूप में मेरा काफी प्रगाढ़ संबंध रहा है। इसका सबसे बड़ा कारण यह है कि भूटानी लोगों को मैं आचार, व्यवहार से उत्तराखंड या हिमालयी राज्यों के जनमानस के अत्यधिक करीब

पाता हूँ। हो भी क्यों न, केवल नेपाल और भूटान ऐसे देश हैं, जहाँ लोगों के व्यवहार में अपनापन, एक-दूसरे के लिए समर्पण की भावना और रीति-रिवाजों में अत्यधिक समानता देखने को मिलती है। सदियों पुराना हमारा संबंध किसी सरकार, राजतंत्र या किसी राजनैतिक एवं सामाजिक दल पर निर्भर न होकर विशुद्ध आत्मिक, भावनात्मक, आध्यात्मिक, सांस्कृतिक, परंपराओं एवं रीति-रिवाजों का संबंध है, जो आदिकाल से चला आ रहा है और युग-युगांतर तक चलता रहेगा।

एक रचनाकार के रूप में भूटान के नैसर्गिक सौंदर्य ने हमेशा मुझे आकर्षित किया है। भूटान को अधिक जानने का मन हुआ तो पुस्तकें ढूँढ़ीं। मैंने देखा है कि भूटान के विषय में साहित्य का अभाव है। इसका कारण यह रहा होगा कि यह देश कुछ दशक पूर्व तक अपने तक ही सीमित था और विदेशियों का वहाँ आना-जाना काफी सीमित था। भूटान के विषय में उपलब्ध साहित्य में अधिकतर पुस्तकें अंग्रेजी में हैं। भूटान को अधिक निकट लाने हेतु हिंदी साहित्य, बॉलीवुड, हमारी पत्रिकाएँ एवं अखबार सेतु की भूमिका निभा सकते हैं। इसी से प्रेरित होकर मैंने एक पुस्तक लिखने का मन बनाया, जो आज यह पुस्तक आपके समक्ष है।

इस पुस्तक में मैंने भूटान के विषय में जानकारी देने का प्रयास किया है। इसके अतिरिक्त भूटान की विशेषताओं को पुस्तक में स्थान दिया है, वहीं कुछ अध्यायों में अपने निजी विचारों को आपसे साझा किया है।

भूटान रहस्यों से भरा देश रहा है। पूरे विश्व के लोग भूटान के बारे में जानने के इच्छुक रहे हैं। चाहे भूटान का बौद्ध धर्म हो, चाहे फिर यहाँ का जनजीवन हो, संस्कृति हो, यहाँ की स्थापत्य कला हो, सभी के बारे में लोगों के मन में एक जिज्ञासा है। लोग भूटान के बारे में जानना चाहते हैं और उन्हें जानकारी उपलब्ध कराने की मेरी यह छोटी सी कोशिश है।

भूटान की सामाजिक, आर्थिक, सांस्कृतिक विशेषताओं के अतिरिक्त, प्रस्तुत पुस्तक में मैंने भूटान के पर्यटन स्थलों के विषय में भी लिखा है, वहीं वहाँ पर ढाँचागत अवस्थापना विकास के क्षेत्र में उपलब्धियों को सुधि पाठकों

के समक्ष रखने का प्रयत्न किया है। भारत-भूटान संबंधों की प्रगाढ़ता, भगवान् बुद्ध और गुरु रिंपोचे का अटूट संबंध, भूटान के विकास में भारतीय योगदान जैसे विभिन्न विषयों को पाठकों के सम्मुख रखने का विनीत प्रयास किया है।

मैंने यह महसूस किया कि सच में भारत के लोगों में भूटान के संबंध में जानकारी बहुत कम है। इसका मुख्य कारण यह है कि भूटान के संबंध में भारत में साहित्य बहुत ही कम उपलब्ध है, विशेषकर हिंदी भाषा में साहित्य न के बराबर है। कमोबेश यही बात भूटान के संबंध में भी कही जा सकती है। भारत के विषय में भूटान में कम साहित्य उपलब्ध है।

ऐसी स्थिति में मुझे लगा कि भूटान के विषय में एक ऐसी पुस्तक उपलब्ध होनी चाहिए, जिसमें भूटान के बारे में समग्र जानकारी एक ही जगह पर उपलब्ध हो। मुझे भी लगा कि हमारे दोनों देशों के इतने घनिष्ठ संबंध क्यों न हों, यह तभी हो सकता है, जबकि हम एक-दूसरे को जानें। यही कुछ सोचकर इस पुस्तक को लिखने बैठा, जो आपके हाथों में है। पुस्तक के माध्यम से भूटान की भौगोलिक स्थिति, आर्थिक, सामाजिक जीवन, जनजीवन के साथ संस्कृति, खानपान को उजागर करने का प्रयास किया है। भूटान ने विश्व को 'ग्रॉस नेशनल हैप्पीनेस' का एक मूलमंत्र दिया है। इस क्रांतिकारी विचार को विस्तृत करने की मैंने कोशिश की है।

भारत-भूटान के मजबूत संबंधों का विश्लेषण करने के साथ दोनों देशों के मध्य जल विद्युत् परियोजनाओं में सहयोग पर भी चर्चा की गई है। मुझे आशा है कि इस प्रयास के माध्यम से भूटान को समझने में कुछ सहायता मिलेगी।

इस पुस्तक को लिखते समय मैंने विशेषकर अपनी नौजवान पीढ़ी को ध्यान में रखा है। मेरा मानना है कि दोनों देशों की युवा पीढ़ियों द्वारा एक-दूसरे के बारे में अधिक-से-अधिक जानने का प्रयास किया जाना चाहिए। मैं चाहे भूटान नरेश से मिला, चाहे प्रधानमंत्री भूटान से या फिर विदेश मंत्री से, सभी ने इस बात पर जोर दिया कि दोनों देशों की युवा पीढ़ी पाश्चात्य रंग में रँगकर हमारे परंपरागत सांस्कृतिक मूल्यों से विमुख हो रही है। प्रगति की

अंधी दौड़ में भौतिकवाद को अधिक महत्त्व देते हुए हम अपनी परंपराओं, मूल्यों, सभ्यता, रीति-रिवाजों तथा पुरातन ज्ञान की घोर उपेक्षा कर रहे हैं। मेरा मानना है कि इस उपेक्षा की हमें बड़ी कीमत चुकानी पड़ेगी। यह इसलिए भी आवश्यक है कि हमारे दोनों देशों में युवाओं की बड़ी संख्या है। अन्य देशों की तुलना में हम अधिक युवा हैं।

मुझे लगता है कि हमारा साहित्य हमें अपनी जड़ों से जोड़ने में सक्षम होना चाहिए। कुछ इसी तरह का प्रयास इस पुस्तक में हुआ है। आज आवश्यकता इस बात की है कि हमें अपने और एक-दूसरे के गौरवमयी अतीत तथा उच्च सांस्कृतिक मूल्यों के बारे में जानकारी होनी चाहिए। यह सच्चाई है और मैं इसको स्वीकार करता हूँ कि कहीं-न-कहीं कमी हो रही है। भारत-भूटान को निकट लाने में यह पुस्तक जरा भी मदद कर पाए तो मैं अपना प्रयास सार्थक समझूँगा।

प्रस्तुत पुस्तक के माध्यम से हर उस व्यक्ति को भूटान के संबंध में आवश्यक एवं उपयोगी जानकारी मिल सकेगी, जो भूटान तथा हिमालय से प्यार करता है और उसके बारे में जानने की इच्छा रखता है। भगवान् बुद्ध व गुरु रिंपोचे की कृपा से दोनों देश परस्पर सहयोग के रास्ते पर विकास और समृद्धि की ओर अग्रसर हों, इसी शुभेच्छा के साथ यह पुस्तक आपको सौंप रहा हूँ।

पाठकों ने मुझे सदैव स्नेह दिया है। कहानियाँ, उपन्यास, कविताएँ हों या मेरे यात्रा संस्मरण हों, सभी के माध्यम से सुधी पाठकों तक पहुँचने का मेरा प्रयास रहा है। मुझे विश्वास है कि भूटान के बारे में यह पुस्तक आपको अवश्य पसंद आएगी और आप सभी अपनी प्रतिक्रिया से मुझे अवगत कराएँगे।

हाल में ही मुझे विश्व हिंदी सम्मेलन में मॉरीशस जाने का अवसर प्राप्त हुआ। उद्घाटन भाषण में मॉरीशस के राष्ट्रपतिजी ने एक बहुत महत्त्वपूर्ण बात कही कि साहित्य और भाषा राष्ट्रों को नजदीक लाने हेतु एक महत्त्वपूर्ण सेतु का कार्य करती है। मैं भी पूरी शिद्दत से महसूस करता हूँ कि साहित्य दो देशों को जोड़ने की महत्त्वपूर्ण कड़ी है।

मुझे लगता है कि भारत और भूटान के पारस्परिक संबंधों की प्रगाढ़ता के लिए साहित्यिक आदान-प्रदान अत्यंत आवश्यक है। विचारों में बड़ी ताकत होती है और इस ताकत का उपयोग हमें साहित्य के माध्यम से करना चाहिए। भारत और भूटान के लोग इस किताब को हिंदी में पढ़कर एक-दूसरे के विषय में जान पाएँगे और इसका आनंद उठाएँगे, इस विश्वास के साथ यह पुस्तक आपके हाथों में सौंप रहा हूँ।

—डॉ. रमेश पोखरियाल 'निशंक'

विजय कॉलोनी,

37/1, रवींद्रनाथ टैगोर मार्ग, देहरादून

इ-मेल : nishankddn@gmail.com

अनुक्रम

दिल की बात 7

1. भूटान की त्रिदिवसीय अविस्मरणीय यात्रा 15
2. भूटान : भौगोलिक, सामाजिक एवं आर्थिक जीवन 39
3. भूटान : समृद्ध एवं संरक्षित इतिहास 50
4. भूटान में शिक्षा के नए आयाम 63
5. भारत-भूटान मित्रता : नए क्षितिज की तलाश 77
6. जल-विद्युत् परियोजनाएँ : भारत-भूटान रिश्तों की मजबूत धुरी 89
7. खुशियों के देश में पर्यटन 97
8. ग्रास नेशनल हैप्पीनेस वाला देश 117

भूटान की त्रिदिवसीय अविस्मरणीय यात्रा

पारो हवाई अड्डे पर भूटान के विदेश मंत्री श्री दायचो दोरजी और वहाँ की प्रोटोकॉल अधिकारी सुश्री नामगे ने भूटान एयरलाइन की एयर बस ए 319-100 के समक्ष मुझसे विदा लेते हुए कहा कि भूटान की भाषा में 'अलविदा' के लिए कोई शब्द नहीं है। इसलिए हम विदा लेते समय 'फिर मिलेंगे' कहते हैं। सच कहूँ तो मात्र तीन दिन की इस ऐतिहासिक और यादगार यात्रा के दौरान वहाँ के लोगों की सहजता, सरलता, अपार स्नेह, अपनत्व, आदर और आतिथ्य-सत्कार मेरे मन और मस्तिष्क पर एक अमिट छाप छोड़ गया। वहाँ के लोगों से मिलकर एक बात निश्चित रूप से सामने आई कि हर दृष्टि से भूटान के लोग ठेठ पहाड़ी ही हैं। मैं कई बार इस बात को पूर्व में लिख चुका हूँ, महसूस कर चुका हूँ कि हिमालय के लोगों में अत्यंत सादगी, सरलता, प्रखरता के साथ उनके व्यवहार में आत्मीयता के दर्शन होते हैं। मुझे उन लोगों से मिलकर कहीं भी यह आभास नहीं हो रहा था कि मैं भारतीय हिमालय से बाहर हूँ।

पारो हवाई अड्डे से जब हम पारोचू नदी के साथ-साथ थिंपू की ओर अग्रसर थे तो मुझे लगा कि हम केदार घाटी या बद्रीनाथ घाटी से नीचे उत्तर रहे हैं। घुमावदार पहाड़ी रास्ता, साथ में बहती हुई शांत निर्मल जलधारा और पर्वतों से घिरी घाटी तथा हिमालय क्षेत्र के छोटे-बड़े पर्वतों के मध्य भूटान की स्थापत्य कला के दर्शन कराते भवन, मन को बरबस अपनी ओर खींच रहे थे।

18 फरवरी को भूटान एयरलाइंस की सुबह 5:00 बजे की उड़ान से

भूटान के विदेश मंत्री के साथ पारो हवाई अड्डे पर

हमने पारो के लिए उड़ान भरी तो दिल्ली में बाहर अँधेरा ही था, परंतु जब भूटान में जहाज उतरने लगा तो सूर्य ने अपने प्रकाश से संपूर्ण हिमालय क्षेत्र को आलोकित कर दिया था। सूरज की रोशनी में नहाई हुई हिमाच्छादित चोटियाँ स्वर्णिम लग रही थीं। हवाई अड्डे पर भूटान के विदेश मंत्रालय के अधिकारी हमारी अगवानी के लिए आए हुए थे। हवाई अड्डे पर उतरकर हम विश्राम कक्ष में चले गए, जबकि अधिकारी आव्रजन की औपचारिकता पूर्ण करने लगे। यहाँ पर मैं यह बताना उचित समझता हूँ कि पारो का हवाई अड्डा विश्व के सबसे दुर्गम और कठिनतम हवाई अड्डों में से एक है। नेपाल के काठमांडू का हवाई अड्डा भी पायलटों के लिए दुर्गम माना जाता है। पारो के हवाई अड्डे पर उतने हेतु काठमांडू की तर्ज पर विमान चालकों को विशेष रूप से प्रशिक्षित होना पड़ता है। पारो हवाई अड्डे पर लैंडिंग एवं टेक ऑफ, दोनों मुश्किल टास्क हैं। यहाँ पर पाठकों को यह बताना चाहूँगा कि बोइंग द्वारा इसे विश्व के सबसे खतरनाक हवाई अड्डों की सूची में

शामिल किया गया है। यहाँ पर जहाज उतारने के लिए पायलट में कौशल और अनुभव के बेजोड़ संगम की आवश्यकता है। यहाँ हवाई अड्डे से सटे ऊँचे पहाड़ वनाच्छादित हैं। रनवे विश्व में सबसे छोटे रनवे में शुमार है। जहाँ प्राकृतिक छटा बिखेरता यह हवाई अड्डा दुनिया के खूबसूरत हवाई अड्डों में एक है, वहीं इसके किनारे 18000 फीट की पर्वत श्रृंखलाओं और उन पर बने घरों के बीच में से होकर अचानक हवाई अड्डा दिखता है, तो जहाज उतारना काफी कठिन होता है। इसके अतिरिक्त तेज चलती हवाएँ टेक ऑफ, लैंडिंग को दुष्कर बना देती हैं। जहाज का संतुलन बनाए रखने हेतु पायलट को अधिक प्रयास की आवश्यकता होती है। गिने-चुने पायलट ही भूटान में लैंडिंग के लिए क्वालीफाई हैं। पारो में उड़ान दिन के समय में संचालित की जाती है। हालाँकि विशेष परिस्थितियों में रात्रिकालीन फ्लाइट उतरती है, परंतु इसके लिए रोशनी के व्यापक प्रबंध किए जाते हैं। भूटान के चार हवाई अड्डों में से केवल पारो ही अंतरराष्ट्रीय हवाई अड्डा है। पारो शहर से छह कि.मी. की दूरी पर स्थित यह हवाई अड्डा राजधानी थिंपू से 55 कि.मी. की दूरी पर

पारो हवाई अड्डे की दिक्कतों को बताते भूटान के विदेश मंत्री

स्थित है। 2,235 मीटर की ऊँचाई पर स्थित यह हवाई अड्डा वाणिज्यिक संचालन हेतु वर्ष 1983 में खुला। 11 फरवरी, 1983 को ड्रुक एयरलाइन की पहली उड़ान पारो से कलकता और फिर कलकता से पारो आई।

वर्ष 1999 में पहली टर्मिनल बिल्डिंग बनाई गई। हवाई अड्डे के विषय में पूछा तो पता चला कि वर्ष 1968 में भारतीय सीमा सड़क संगठन द्वारा हवाई पट्टी का निर्माण किया गया था। भारतीय सशस्त्र सेनाओं और भूटान की शाही सरकार के उपयोग हेतु बनाई गई इस पट्टी पर हेलिकॉप्टर सेवाओं का संचालन किया जाता था। 5 अप्रैल, 1981 को ड्रुक एयर की स्थापना के साथ भूटान अंतरराष्ट्रीय हवाई मानचित्र पर आ गया। भूटान में पारो के अतिरिक्त चार हवाई अड्डे हैं, जो गेलेफ, जाकर, त्राशी गंग में स्थित हैं। बागडोगरा स्थित हवाई अड्डा सबसे निकटतम हवाई अड्डों में से एक है।

दिल्ली-देहरादून की अपेक्षा भूटान में अपेक्षाकृत सर्दी अधिक थी। गरम चाय की चुस्कियों के मध्य भूटान विदेश सेवा के अधिकारी श्री सोनम से बातचीत होती रही। हवाई अड्डे से लगभग डेढ घंटे बाद हम थिंपू के मुख्य

भूटान के विदेश सचिव के साथ

बुद्ध दोरदेन्या की प्रतिमा

बाजार में स्थित 'ली मेरिडियन' होटल पहुँचे, जहाँ पर परंपरागत रूप से हमारा स्वागत हुआ। भले ही भूटान जनसंख्या की दृष्टि से छोटा देश है, परंतु सामरिक रूप से अत्यंत महत्त्वपूर्ण है। अन्य हिमालय क्षेत्र के देशों की तरह यहाँ की सांस्कृतिक धरोहर संपूर्ण विश्व को अपना कायल बना देती है।

एक बजे के करीब हम अपने होटल से बुद्धा दोरदेन्या की प्रतिमा का दर्शन करने के लिए रवाना हुए। इस मूर्ति की स्थापना भूटान के चौथे नरेश जिग्मे सिंगे वांगचुक के साठवें जन्मदिवस पर की गई थी। सबसे महत्त्वपूर्ण बात यह है कि इस विशाल मूर्ति के भीतर कांस्य से बनी सवा लाख से अधिक भगवान् बुद्ध की मूर्तियाँ हैं, जिन पर स्वर्ण परत चढ़ाई गई है। शाक्यमुनि बुद्ध को समर्पित यह प्रतिमा 51.5 मीटर बड़ी है और विश्व की सबसे बड़ी बौद्ध प्रतिमा है। प्रतिमा के भीतर 8 इंच की एक लाख और 12 इंच की 25 हजार मूर्तियाँ हैं। मेरे गाइड ने बताया कि ध्यान मुद्रा में बैठे हुए भगवान् बुद्ध मीलों दूरी से देखे जा सकते हैं।

मैंने देखा कि बहुत सारे विदेशी और भूटान के लोग अपने बच्चों के साथ अत्यंत श्रद्धापूर्वक भगवान् बुद्ध की इस सजीव प्रतिमा की परिक्रमा कर

रहे थे। ऊँचाई पर स्थित होने के कारण यहाँ तेज हवा चल रही थी। तेज हवा एवं सर्द मौसम के बावजूद लोगों का उत्साह बिल्कुल कम नहीं था, हमारे प्रोटोकॉल अधिकारी ने सुझाव दिया कि हम भीतरवाले मंदिर में जाएँ तो हम अंदर चले गए। एक ही डिजाइन की बनीं हजारों भगवान् बुद्ध की प्रतिमाओं से सुसज्जित मंदिर में विशेष प्रकार की आभा थी। इतनी बड़ी विशालकाय मूर्ति और फिर उसके अंदर एक लाख पच्चीस हजार भगवान् बुद्ध की प्रतिमाएँ स्थापित करना कितना दुष्कर कार्य रहा होगा, मेरे मन-मस्तिष्क में यही प्रश्न कौंधता रहा। बाद में पता चला कि इस विशालकाय बौद्ध प्रतिमा का निर्माण चीन की सहायता से किया गया है।

इस मूर्ति के भागों को चीन में निर्मित कर भूटान लाया गया। यह मूर्ति पूरे थिंपू शहर को आशीर्वाद देती प्रतीत होती है। इस स्थान को बौद्धा डोरउन्मा भी कहा जाता है। मुझे बताया गया कि महान् योगी सोनम सांगपो ने इस क्षेत्र में एक बौद्ध प्रतिमा की बात कही थी। ऐसी मान्यता है कि गुरु पदमसंभव ने भी इस मूर्ति की चर्चा आठवीं शताब्दी में की थी। बताया गया कि इस मूर्ति की स्थापना में 100 मिलियन अमेरिकी डॉलर का व्यय हुआ है। इसके पश्चात् हम थिंपू के प्राचीनतम मंदिर चांग गंश्वका मठ गए। बारहवीं शताब्दी में बना यह मंदिर एवं

दाचुला पास में लेखक

ग्यालपो दोरजी स्मारक

इसका परिसर अपनी स्थापत्य कला, नैसर्गिक सौंदर्य के कारण विख्यात है। इस स्थान पर माता-पिता अपने नवजात शिशुओं को लेकर आते हैं और उनका नामकरण करते हैं। इस मंदिर के अधिष्ठाता देव तामद्रिन हैं। मंदिर के गर्भगृह के भीतर बच्चों के साथ माता-पिता जा सकते हैं, किंतु सामान्य लोगों के लिए यहाँ के गर्भगृह में प्रवेश वर्जित है। ऐसी मान्यता है कि तिब्बत के लामा फाजो द्रकगोम शिपगो ने बारहवीं शताब्दी में इसकी स्थापना की। इस मंदिर के भीतर का डिजाइन समृद्ध भूटानी काष्ठकला का नमूना प्रस्तुत करता है। मंदिर के बाहर परिसर में खड़े होकर जहाँ आप मंदिर की स्थापत्य कला की सुंदरता निहार सकते हैं, वहीं ऊँची पहाड़ियों से घिरे परिसर के बीच से पूरे थिंपू शहर का सुंदर नयनाभिराम नजारा भी देख सकते हैं।

मंदिर के पश्चात् हम थिंपू के राष्ट्रीय स्मारक पहुँचे। यह भूटान के तीसरे राजा ड्यूक ग्यालपो जिग्मे दोरजी वांगचुक का स्मारक है। इस स्मारक को एक स्तूप का आकार दिया गया है, जहाँ पर तीसरे नरेश की

भवनों में भूटानी काष्ठकला परंपरा, अध्यात्म, आधुनिकता का संगम

फोटो और उनकी शाही पोशाक देखी जा सकती है। वर्ष 2008 में इस स्थान का पुनरुद्धार किया गया। भारतीय सेना के अस्पताल के निकट स्थित यह स्मारक थिंपू शहर के बीचोबीच सन् 1974 में निर्मित किया गया। भूटान के तीसरे नरेश को आधुनिक भूटान का जनक कहा जाता है। जब हम वहाँ पहुँचे तो बड़ी संख्या में भूटान के लोग हाथ में माला लिये हुए मन-ही-मन मंत्रों का जाप करते हुए इस स्मारक की परिक्रमा कर रहे थे। अत्यंत श्रद्धाभाव से बैठे अनेक लोग परिसर में जप कर रहे थे, तभी चीफ प्रोटोकॉल का फोन आया कि हमें डोचुला पास अवश्य जाना चाहिए। थिंपू से पुनारवा सड़क पर स्थित यह सुरम्य स्थल अपने 108 स्तूपों के लिए जाना जाता है। ड्रक वाग्यांल चोर्टन कहे जानेवाले इन स्तूपों का निर्माण राजमाता आशी डोरजी वांगमो वांगचुक ने किया। शाही बोटेनिकल गार्डन के निकट स्थित इन स्तूपों के अग्र भाग में दोचुला ड्रक वाग्यांल उत्सव का आयोजन किया जाता है। यहाँ पर चौथे भूटान नरेश जिग्मे सिंगे वांगचुक के सम्मान में एक मंदिर का निर्माण किया गया है।

सर्द हवाओं के बावजूद कई पर्यटक इस स्थान पर प्राकृतिक सौंदर्य

भूटान के प्रधानमंत्री को अपनी रचनाएँ भेंट करते हुए

के बीच इस आध्यात्मिक केंद्र को देखकर मंत्रमुग्ध थे। कई श्रद्धालु हाथ जोड़कर विनयपूर्वक स्तूपों की परिक्रमा में लीन थे। घूमते-घूमते सायं साढ़े छह बज चुके थे। हमने वापस होटल जाने का निर्णय किया। रास्ते में हमारे प्रोटोकॉल अधिकारी बताते रहे कि किस प्रकार भूटान के लोगों के जीवन में अध्यात्म एवं धर्म का महत्त्व है। जीवन के प्रत्येक संस्कार को धर्म के अनुसार अनुष्ठान पूर्वक संपन्न करना उनकी प्राथमिकता होती है। शाम को एक घंटे बाद हम होटल ली मेरिडियन लौट आए।

कल का दिन अत्यंत व्यस्त होनेवाला था इसलिए रात को ही तैयारियाँ करना उचित समझा। अगले दिन सुबह भूटान नरेश सुबह 11 बजे अपने कार्यालय में मिलेंगे। रॉयल इंस्टीट्यूट ऑफ मैनेजमेंट का व्याख्यान, भूटान राष्ट्रीय एसेंबली के अध्यक्ष का रात्रिभोज, स्पर्श गंगा कार्यक्रम, सभी कुछ होना था, इसलिए अगले दिन सुबह आठ बजे मिलने की बात कहकर प्रोटोकॉल अधिकारी से विदा ली।

भूटानी प्रधानमंत्री से हिमालयी विश्वविद्यालय पर चर्चा

राष्ट्रीय उत्सव जैसा मनाया जाता है सम्राट् का जन्मदिन

19 फरवरी को 11:00 बजे मेरी पहली मुलाकात भूटान नरेश से निश्चित हुई तो मुझे बताया गया कि नरेश सिर्फ मुझसे मिलने के लिए रुके थे, उसके तुरंत बाद उन्हें अपने जन्मदिवस के कार्यक्रम में शामिल होने जाना था। ज्ञातव्य है कि 21 फरवरी को भूटान नरेश का जन्म दिन होता है।

सम्राट् के जन्मदिन में राष्ट्रीय उत्सव सा उत्साह इस बात का द्योतक है कि भूटान के लोग अपने सम्राट् से और साम्राज्ञी से बेहद प्यार करते हैं। मैंने विश्व के कई देशों में भ्रमण किया है, जहाँ पर राजशाही का जनता के बीच अत्यधिक सम्मान है। इग्लैंड, थाईलैंड एवं जापान कुछ यूरोपीय देश इस श्रेणी में रखे जा सकते हैं, परंतु भूटान में अपने राजा को वहाँ के लोग न केवल अपना संरक्षक मानते हैं, बल्कि ईश्वर के बाद उन्हीं का सम्मान करते हैं। 21 फरवरी से 23 फरवरी तक यह समारोह एक राष्ट्रीय पर्व की तरह मनाया जाता है। वर्तमान सम्राट् ने वर्ष 2006 में जैसे ही देश की कमान सँभाली, वे अपने देश की जनता में बेहद लोकप्रिय हुए। इनके पिता द्वारा दो वर्ष पूर्व ही राजकाज का सारा भार इनके ऊपर डाल दिया गया। अपने पिता

के पदचिह्नों पर चलते हुए विश्व इतिहास के सबसे युवा सम्राटों की सूची में शुमार हुए। न केवल अपने देश में ही, बल्कि भारत और थाईलैंड में भी सम्राट् अत्यंत लोकप्रिय हैं। जहाँ तक जन्मदिन मनाने की बात है तो सभी सम्राटों का जन्मदिवस धूमधाम से मनाया जाता है, परंतु तीन दिन का अवकाश वर्तमान सम्राट् के लिए होता है। वर्ष 1807 से जन्मदिन मनाने की परंपरा चली आ रही है। ये जन्मदिवस से जुड़े समारोह मुख्यत: अध्यात्म भाव से प्रेरित रहते हैं और लोगों के बीच सामुदायिक एकता को सुदृढ़ करने में महत्त्वपूर्ण भूमिका निभाते हैं। अत्यंत उत्साह एवं उल्लासपूर्ण वातावरण में सभी देशवासी अपने परंपरागत परिधानों में सज-धजकर परंपरागत पेय और खाद्य पदार्थों का लुत्फ उठाते हैं। फ्लैग से परेड़ का आयोजन कर सम्राट् के दीर्घ सफल जीवन और संपूर्ण देशवासियों के लिए समृद्धि की प्रार्थना की जाती है। किसी भी राष्ट्रीय समारोह की तरह सभी सरकारी अधिकारियों को इन समारोह में भाग लेना आवश्यक है। सारे समारोह के व्यय का वहन सरकार द्वारा किया जाता है।

इस दिन पूरे राष्ट्र में उत्सव जैसा कार्यक्रम होता है। अपने व्यस्त कार्यक्रम में से समय निकालने हेतु मैंने भूटान नरेश के प्रति कृतज्ञता प्रकट की। अपनी मुलाकात में मैंने उन्हें अपने मुख्यमंत्रित्वकाल 2010 की यात्रा का

परंपरागत नृत्य-शैली का प्रदर्शन करते भूटानी कलाकार

स्मरण कराया, जिसके दौरान भूटान नरेश तीन–चार दिन के लिए देहरादून में राजकीय अतिथि के रूप में रहे थे। भूटान सम्राट् ने अपनी सुनहरी यादों को साझा करते हुए बताया कि उन्हें देहरादून प्रवास के दिन अच्छी तरह याद हैं। मैं अपने पाठकों को भूटान नरेश के विषय में संक्षेप में बताना चाहूँगा।

भूटान नरेश जिग्मे खेसर नामग्याल वांगचुक एवं रानी जेटसुन पेमा एक आदर्श दंपती के रूप में पूरे भूटान में अत्यंत लोकप्रिय हैं। मैंने देखा कि भूटान में कई स्थानों पर युवा दंपती के चित्र लगे हुए हैं। अभी हाल में ही भूटान के राजा जिग्मे खेसर नामग्याल अपनी पत्नी रानी जेटसुन एवं पुत्र नन्हे राजकुमार जिग्मे नामग्याल के साथ भारत के दौरे पर आए तो नन्हे प्रिंस सबके आकर्षण का केंद्र बने रहे।

मैं अपने पाठकों को बताना चाहता हूँ कि भूटान में डुअल सिस्टम और गर्वमेंट के तहत यहाँ के लोग राजशाही के साथ चुनी हुई सरकार चलाते हैं। भूटान के राजा को ड्रक ग्याल्पो के रूप में देश में अत्यंत सम्मान की दृष्टि से देखा जाता है। भूटान के प्रधानमंत्री राजा से नीचे आते हैं। राजशाही ने वर्ष 1862 में देश की बागडोर सँभाली, तब परिवार के श्री उम्येन ने देश की सत्ता सँभाली थी। भारत–भूटान के रिश्तों में कई दशकों से अत्यंत गर्माहट देखने को मिली है। आज जिस तरह प्रधानमंत्री मोदी, जिग्मे खेसर नामग्याल वांगचुक से अत्यंत गर्मजोशी से मिलते हैं, उसी तरह से उनके दादा डोरजी वागचुंक के देश के प्रथम प्रधानमंत्री जवाहर लाल नेहरू के साथ अत्यंत आत्मीय संबंध थे।

यहाँ पाठकों को यह बताना उचित रहेगा कि भूटान सीमाओं की रक्षा की सारी जिम्मेदारी भारतीय सेना पर है, जिस कारण दोनों देशों की सुरक्षा एजेंसियों के मध्य बेहतर तालमेल है। भूटान देश में वर्ष 2008 में राजशाही द्वारा देश को जनतांत्रिक मूल्यों की पहचान करवाने हेतु भूटानी राजशाही की पूरे विश्व में अत्यंत प्रशंसा हुई। संपूर्ण विश्व को प्रसन्नता का नया विचार देनेवाला यह देश अपनी संस्कृति तथा अपने जीवन मूल्यों की रक्षा हेतु पूरे विश्व से कटा हुआ रहा, जो अद्भुत है।

भूटान नरेश भूटान राष्ट्र के शीर्ष संवैधानिक पद पर आसीन हैं, जिनका जन्म 21 फरवरी, 1980 को भूटान में हुआ। ये 9 दिसंबर, 2006 को भूटान के राजा बने। 6 दिसंबर, 2008 को उन्हें विधिवत् रूप से भूटान नरेश बनाया गया। इनकी माता का नाम रानी आशी शेरिग यांगडन है, जबकि इनके पिता का नाम जिग्मे सिंगे वांगचुक है। अपनी प्रारंभिक शिक्षा भूटान में पूरी कर व्हीअन कॉलेज अमेरिका और ऑक्सफोर्ड विश्वविद्यालय में अंतरराष्ट्रीय संबंधों और विदेश सेवा के कार्यक्रमों की शिक्षा ग्रहण की। भूटान नरेश दुनिया के समक्ष पहली बार तब आए, जब उन्होंने 2002 में संयुक्त राष्ट्र में भूटान का नेतृत्व करते हुए सत्ताइसवीं सभा को संबोधित किया। वर्ष 2006 में बैंकाक में जब थाई नरेश राजा भुमिबोल अघुलेड के साठवें जन्मदिन पर बैंकाक गए, इन्हें थाई मीडिया द्वारा प्रिंस चार्मिंग बताया गया। 13 अक्तूबर, 2011 को भूटान नरेश ने जेटसुन पेमा से विवाह किया। थिंपू में पैदा हुई जेटसुन पेमा की प्रारंभिक शिक्षा भारत में हुई। उसके पश्चात् ये लंदन में उच्च शिक्षा के लिए गईं।

भूटान नरेश से मेरी चर्चा हिमालय से जुड़े मुद्दों पर हुई। हम दोनों इस बात से सहमत थे कि हिमालय संसाधनों से युक्त होकर भी गरीबी की मार झेल रहा है, जिसके लिए मानव संसाधन का विकास आवश्यक है। नरेश ने भूटान में हिमालयी विश्वविद्यालय की स्थापना करने की आवश्यकता पर जोर दिया। सबसे अच्छी बात यह है कि भूटान नरेश भारत में भी उतने ही लोकप्रिय हैं, जितने कि वे अपने देश में हैं। भूटान के चौथे नरेश जिग्मे अपने देशवासियों के लिए एक आदर्श हैं। संपूर्ण भूटान में नरेश और उनकी पत्नी के चित्र उनके आदर्श को इंगित करते हैं।

मेरी भूटान नरेश से कई द्विपक्षीय मुद्दों पर बात हुई। उन्होंने इस बात पर सहमति जाहिर की कि हिमालय क्षेत्र की आवश्यकता बिल्कुल अलग है। हिमालय के समुचित नियोजन के लिए यह आवश्यक है कि विकास के साथ-साथ पर्यावरण संरक्षण का ध्यान रखकर एक समन्वय स्थापित किया जाए। मैंने उनकी बात को आगे बढ़ाते हुए कहा कि हिमालय के लोगों में

आस्था का केंद्र डोचुला पास

प्रखरता, शालीनता, पराक्रम, विनम्रता के साथ कर्तव्य के प्रति पूर्ण समर्पण का भाव है। उन्होंने कहा कि हिमालय के लोग अपनी विशिष्ट कार्यशैली के लिए जाने जाते हैं। भूटान नरेश ने इस बात पर चिंता प्रकट की कि युवा पीढ़ी अपने सांस्कृतिक मूल्यों को तिलांजलि देकर पश्चिमी रंग-ढंग से प्रभावित हो रही है। उन्होंने इस बात पर जोर दिया कि हम अपनी पहचान को न खोकर अपने आध्यात्मिक, सांस्कृतिक एवं धार्मिक मूल्यों की रक्षा करें। नरेश ने यह भी बताया कि भूटान का बौद्ध धर्म हिंदू और बौद्ध धर्म का सुंदर समावेश है। उन्होंने मुझे बताया कि यहाँ भी भगवान् शंकर, माँ पार्वती, भगवान् विष्णु की पूजा की जाती है। उन्होंने विश्व परिदृश्य में बढ़ते भारतीय प्रभाव पर प्रसन्नता व्यक्त करते हुए प्रधानमंत्री श्री नरेंद्र मोदी के साथ अपनी हाल की मुलाकातों का उल्लेख किया। मेरे द्वारा हिमालयी विश्वविद्यालय के प्रश्न पर उन्होंने अपनी ओर से पूर्ण समर्थन एवं आश्वासन दिया। उन्होंने मुझे इस विषय पर प्रधानमंत्री से वार्त्ता करने का सुझाव भी दिया। ज्ञातव्य है कि भूटान नरेश का जन्मदिवस 21 फरवरी को संपूर्ण राष्ट्र में धूम-धाम से मनाया जाता है। मुझे बताया गया कि दिल्ली स्थित भूटानी राजदूत ने अपने विदेश

मंत्री और भारतीय विदेश मंत्री की मौजूदगी में भोज का आयोजन किया, चूँकि मेरे देहरादून में पहले से ही कार्यक्रम तय थे, मैं चाहकर भी उनके कार्यक्रम में सम्मिलित नहीं हो सका। मुझे पूरा विश्वास है कि भूटान नरेश के कुशल नेतृत्व में भारत-भूटान अधिक नजदीक आएँगे और हमारी यह दोस्ती जहाँ 'पीपुल टू पीपुल कनेक्ट' को बढ़ावा देगी, वहीं हिमालय के लोगों का कल्याण भी सुनिश्चित करेगी।

हैप्पीनेस का देश

भूटान के नरेश से मिलकर हम ली मेरिडियन गए, जहाँ भोजन के उपरांत दो बजे हमारी मुलाकात भूटान के प्रधानमंत्री से होनी तय थी।

प्रधानमंत्री से 'हैप्पीनेस अवॉर्ड' प्राप्त करते हुए

मुझे गर्व है कि भूटान के प्रधानमंत्री शोरिंग तोबगे ने आज भूटान की राजधानी थिंपू में मुझे 'हैप्पीनेस अवार्ड' से सम्मानित किया। सम्मान देते हुए प्रधानमंत्री शोरिंग तोबगे ने कहा कि आपने अपने साहित्य से, समाज सेवा से, राजनीतिक सेवा से विश्व में प्रसन्नता (हैप्पीनेस) को फैलाया है और वास्तविकता में आप हमारे हैप्पीनेस के ब्रांड एंबेसडर हैं।

प्रधानमंत्री से मैंने कहा कि मुझे इस बात की अत्यंत प्रसन्नता हुई कि कहीं-न-कहीं मेरे प्रयासों को राष्ट्रीय और अंतरराष्ट्रीय स्तर पर सराहा गया है। मैं अपने साहित्य के विषय में अकसर कहा करता हूँ कि टूटे-फूटे शब्दों के माध्यम से मैं अपने अनुभव अपने लोगों के बीच बाँटने का प्रयत्न करता हूँ। अनुभवों की इस यात्रा को अपने पाठकों के साथ साझा करते हुए अत्यंत प्रसन्नता की अनुभूति होती है। इन अनुभवों में विभिन्न पात्रों से पाठक अपने को जुड़ा महसूस करते हैं, यह मेरे लिए संतोष की बात है। मेरी बहुत सी रचनाएँ हिमालय क्षेत्र के जनजीवन, वहाँ की चुनौतियों एवं वहाँ के संघर्ष के आसपास केंद्रित रहती हैं, ऐसे में हिमालय से किसी भी तरह का संबंध रखनेवाला व्यक्ति स्वत: ही मेरी रचनाओं से जुड़ाव महसूस करता है। इस दृष्टि से सारा हिमालय मुझे अपना घर लगता है और हिमालय से जुड़ा हर व्यक्ति अपने वृहद् परिवार का सदस्य।

अपने वक्तव्य में प्रधानमंत्री ने कहा कि अपने साहित्य, समाज सेवा, पर्यावरण संरक्षण के कार्यों द्वारा विश्व में प्रसन्नता बढ़ाने के योगदान पर

भूटानी स्थापत्य कला का सर्वत्र दर्शन

आपको बधाई देता हूँ।

ज्ञातव्य है कि भूटान ने 70 के दशक में जी.डी.पी. को विकास का आधार न मानकर 'ग्रास हैप्पीनेस प्रोडक्ट' यानी प्रसन्नता पर आधारित सूचकांक विकसित करने पर जोर दिया।

भूटान में अपने आतिथ्य के लिए प्रधानमंत्री का धन्यवाद अर्पित करते हुए मैंने भारत-भूटान के सदियों पुराने संबंध की चर्चा की। हिमालय और पर्यावरण से जुड़े कई मुद्दों पर भी प्रधानमंत्री से चर्चा की। इस अवसर पर प्रधानमंत्री ने मेरी चुनिंदा कहानियों के अंग्रेजी अनुवाद 'सलेक्टेड स्टोरीज ऑफ डॉ. निशंक' पुस्तक का लोकार्पण किया। मैंने प्रधानमंत्री से हिमालय के पर्यावरण संरक्षण एवं संवर्धन के लिए अंतरराष्ट्रीय स्तर पर सभी हिमालयी

रॉयल इंस्टीट्यूट ऑफ मैनेजमेंट थिंपू

राष्ट्रों द्वारा समग्र प्रयास किए जाने पर बल दिया।

मैंने इस बात पर जोर दिया कि हिमालय क्षेत्र के नियोजन हेतु एक पृथक् व्यवस्था लागू की जानी चाहिए, क्योंकि इस क्षेत्र की भौगोलिक आवश्यकताएँ

रॉयल मैनेजमेंट कॉलेज में व्याख्यान

एवं संवेदनशीलता पूरी तरह से अलग हैं।

इस अवसर पर मैंने प्रधानमंत्री को हरिद्वार गंगा स्नान का निमंत्रण भी दिया। भूटान एवं भारत के मध्य कौशल विकास, पर्वतीय कृषि, जैविक तकनीकी और शिक्षा से जुड़े मामलों में सहयोग किए जाने का आग्रह किया। प्रधानमंत्री द्वारा 'स्पर्श गंगा' मुहिम की प्रशंसा की गई। प्रधानमंत्री से मेरी लगभग एक घंटे से ऊपर की अत्यंत सफल मुलाकात हुई। भूटानी प्रधानमंत्री ने भारत के प्रधानमंत्री नरेंद्र मोदीजी की नीतियों की भूरि-भूरि प्रशंसा करते हुए विश्वास प्रकट किया कि उनके नेतृत्व में भारत-भूटान आपसी सहयोग की नई इबारत लिखने में कामयाब होंगे।

भारत-भूटान : साझी संस्कृति

वर्ष 1986 में स्थापित देश के सर्वाधिक प्रतिष्ठित प्रबंधन संस्थान के रूप में स्थापित 'रॉयल इंस्टीट्यूट ऑफ मैनेजमेंट' का मुख्य उद्देश्य देश में मानव संसाधन को सार्वजनिक प्रशासन एवं प्रबंधन के क्षेत्र में श्रेष्ठ प्रशिक्षण

रॉयल मैनेजमेंट कॉलेज में द्विपक्षीय मुद्दों पर पर्यावरण पर व्यापक चर्चा

एवं शिक्षा उपलब्ध कराना है, ताकि राष्ट्र निर्माण में वे अपनी सफल भूमिका निभा सकें। इस संस्थान में चार मुख्य पाठ्यक्रमों को संचालित किया जाता है। एम.बी.ए. के अतिरिक्त यहाँ सार्वजनिक प्रशासन, वित्तीय प्रबंधन तथा राष्ट्रीय कानून में स्नातकोत्तर डिप्लोमा प्रदान किया जाता है। इसके अतिरिक्त यह संस्थान सरकारी, गैर-सरकारी संस्थाओं को आई.टी., आपदा प्रबंधन, नेटवर्किंग प्रौद्योगिकी का प्रशिक्षण भी प्रदान करता है। संस्थान के महानिदेशक शेवांग टंडिन हैं, जिनके निमंत्रण पर मैं इस संस्थान में व्याख्यान देने गया। मुझे बताया गया कि इस संस्थान में अधिकतर प्राध्यापक अमेरिका, कनाडा, आस्ट्रेलिया से शिक्षित हैं। पूरी फैकल्टी ने मेरा स्वागत किया।

संस्थान में मेरे व्याख्यान का शीर्षक था 'साझी संस्कृति से जुड़े भूटान और भारत।' इस व्याख्यान में मैंने भारत और भूटान के सदियों पुराने संबंधों का उल्लेख किया। जब गुरु रिंपोचे या पद्मसंभव आठवीं सदी के आस-पास भूटान की यात्रा पर आए थे तो उन्होंने भूटान में बौद्ध धर्म की नींव रखी थी। भूटान में गुरु पद्मसंभव को गुरु रिंपोचे के नाम से जाना जाता है। भूटान में

आस्था व अध्यात्म का कोई केंद्र है तो वह गुरु रिंपोचे को माना जा सकता है। हिंदू बौद्ध धर्म की साझी विरासत का उल्लेख करते हुए मैंने 'सर्वे भवंतु सुखिनः सर्वे संतु निरामयाः' के मंत्र को विश्व कल्याण की भावना बतलाया।

मैंने बताया कि किस प्रकार हम समूचे विश्व को अपना परिवार मानते हैं। 'वसुधैव कुटुंबकम्' के विचार को चरितार्थ करते हमने संपूर्ण विश्व को अपने परिवार के रूप में देखा है। भगवान् बुद्ध के अहिंसा के पाठ को हमारे राष्ट्रों ने पूरे विश्व में फैलाया है। हमारी साझी संस्कृति हमें प्रकृति के संरक्षण तथा संवर्धन के लिए प्रेरित करती है। हम पीपल, तुलसी, चंदन, आम आदि वृक्षों की पूजा करते हैं, तो वहीं हम गाय की भी पूजा करते हैं।

मैंने कहा कि हमारी साझी संस्कृति विश्व में हमें अद्वितीय स्थान प्रदान करती है। मैंने बताया कि हजारों वर्ष पुरानी हमारी संस्कृति अजर-अमर है। भारतीय उपमहाद्वीप में चार धर्मों ने जन्म लिया, जिसमें सिख, हिंदू, बौद्ध, जैन प्रमुख हैं। भारतीय रीति-रिवाज, भारतीय दर्शन, भारतीय कला, भारतीय खान-पान, भारतीय परिधान का आज पूरे विश्व में डंका बजता है। मैंने यह भी बताने का प्रयास किया कि प्रधानमंत्री नरेंद्र मोदी ने दावोस में विश्व आर्थिक फोरम में विश्व के सम्मुख तीन महत्त्वपूर्ण चुनौतियों को इंगित किया। इन चुनौतियों में मौसम परिवर्तन, पर्यावरण संरक्षण और आतंकवाद प्रमुख हैं। मैंने बताने का प्रयास किया कि किस प्रकार हिमालय के लोग अपनी सोच से, दर्शन से, मेहनत से, क्रियाकलापों से तथा अपने पराक्रम से इन चुनौतियों से निपटने का रास्ता बता सकते हैं।

मैंने इस बात पर चिंता प्रकट की कि भूटान-भारत और हिमालय से जुड़े दूसरे देश, हालाँकि प्राकृतिक संसाधनों से समृद्ध हैं, परंतु पूरा क्षेत्र गरीबी से संघर्ष कर रहा है। मैंने इस बात को विशेष रूप से इसलिए रखा, क्योंकि रॉयल इंस्टीट्यूट ऑफ मैनेजमेंट में सिविल सेवा से जुड़े अधिकारियों को भी प्रशिक्षण दिया जाता है। मैंने उनसे आग्रह किया कि वे अपनी कार्यशैली में प्रकृति संरक्षण और विकास के बीच समन्वय स्थापित करने का कार्य करें। हिमालय के लोगों के प्रति उन्हें संवेदनशील रहकर सतत विकास की

होटल ताजताशी में स्पीकर के साथ

अवधारणा को धरती पर उतारना है। इसके पश्चात् छात्रों से प्रश्नोत्तर हुए, जिसमें छात्रों ने ग्रीन बोनस सहित भारत-भूटान के बदलते विश्व परिदृश्य के रिश्तों पर सवाल पूछे। इस कार्यक्रम की समाप्ति के पश्चात् हम फैकल्टी के साथ मीटिंग हेतु दूसरे सभागार में आए। यहाँ पर महानिदेशक शेवांग टंडिन से विस्तृत चर्चा हुई। इस चर्चा के दौरान मैंने उनसे हिमालय क्षेत्र के मानव संसाधन विकास हेतु एक समर्पित संस्था स्थापित करने की परिकल्पना को साकार करने की रूपरेखा प्रस्तुत की। यह आवश्यकता महसूस की गई कि सभी हिमालयी राष्ट्रों को एक मंच पर आकर हिमालय की चुनौतियों से निपटने हेतु एक समग्र नीति विकसित कर उसका समयबद्ध क्रियान्वयन किया जाना चाहिए। सभी मेरी इस बात से सहमत थे कि हिमालय की चुनौतियाँ, हिमालय की तरह ही विशाल हैं।

हिमालयी क्षेत्र के विकास के लिए प्रतिबद्धता

सायं के सात बजे हम भूटान की राष्ट्रीय एसेंबली के स्पीकर श्री जिग्मे

जागपो द्वारा मेरे सम्मान में आयोजित भोज में प्रतिभाग करने पहुँचे। मैंने हृदय की गहराइयों से स्पीकर महोदय का धन्यवाद किया, जिन्होंने अपने व्यस्त कार्यक्रम से समय निकालकर अपने अन्य सांसदों के साथ मेरे लिए रात्रिभोज का आयोजन किया। यह आयोजन होटल ताज ताशी में किया गया था, जो भूटान के बेहतरीन होटलों में शुमार है। भोज में चर्चा के दौरान अनेक विषयों पर बातचीत होती रही, मैंने स्पीकर महोदय को उनके हिमालयी सरोकारों के प्रति समर्पण भाव और विकासात्मक कार्यों के लिए बधाई दी।

मैंने भूटान एवं भारत के मध्य इंजीनियरिंग प्रबंधन, उद्यमियता विकास, इको टूरिज्म, कौशल विकास, पर्वतीय कृषि, जैविक तकनीकी और उच्च शिक्षा से जुड़े मामलों में सहयोग किए जाने का आग्रह किया। साथ ही स्पीकर महोदय को हरिद्वार गंगा स्नान का निमंत्रण भी दिया।

मुझे इस बात की अत्यंत प्रसन्नता हुई कि प्रतिनिधिमंडल का हर सदस्य बहुत अच्छी हिंदी बोल रहा था। वैसे भी विदेशी भूमि पर अपनी मातृभाषा सुनने को मिलती है तो हृदय वैसे ही गद्‌गद हो जाता है। चर्चा में भूटान में अत्यधिक सफाई, पर्यावरण की रक्षा पर बात हुई तो मुझे बताया गया कि

संसदीय प्रतिनिधिमंडल के साथ रात्रिभोज

भूटान देश में प्लास्टिक पर वर्ष 1999 से प्रतिबंध है। यह केवल नियम बनाने तक सीमित न होकर पूर्णतया प्रतिबंध को सुनिश्चित करता है। बातों-बातों में एक बात उभरी कि हिंदुस्तान के लोगों को भूटान के बारे में काफी कम जानकारी है। इस बात का प्रमाण मुझे इस बात से मिला कि भूटान के विषय में मुझे कोई हिंदी भाषा में पुस्तक नहीं मिली। कुछ विशेष मुद्दों और ऐतिहासिक पहलुओं के विषय पर पुस्तकें तो हैं, परंतु भूटान की संस्कृति, उनके मूल्यों, पर्यटन, मान्यताओं, उनके धार्मिक स्थलों, उनके गीत-संगीत तथा पर्व एवं त्योहारों पर साहित्य उपलब्ध नहीं है।

श्री जिग्मे जांगपो द्वारा पवित्र गंगा के संरक्षण और स्वच्छता को समर्पित 'स्पर्श गंगा' मुहिम की प्रशंसा की गई और विश्वास प्रकट किया कि अन्य हिमालयी देश भी स्पर्श गंगा अभियान से जुड़ेंगे। इस अवसर पर उन्होंने बताया कि उनकी सरकार अपने देश की सभी जल धाराओं की स्वच्छता के लिए प्रतिबद्ध है और इस कारण से उनकी नदियों में प्रदूषण देखने को नहीं मिलता।

श्री जिग्मे जांगपो ने बताया कि भारत और भूटान के संसद् के मध्य अत्यंत मजबूत संबंध हैं। उन्होंने बताया कि भूटान में हिमालय के पर्यावरण की रक्षा के लिए सरकार द्वारा अनेक कदम उठाए गए हैं। उन्होंने स्पर्श गंगा अभियान के लिए बधाई देते हुए 'हिमालय पुत्र' की संज्ञा दी।

मैंने इस बात पर जोर दिया कि मौसम परिवर्तन की चुनौतियों से निपटने के लिए भारत-भूटान समेत सभी हिमालयी देशों को एक मंच पर संगठित होना चाहिए। स्पीकर श्री जिग्मे जांगपो ने कहा कि भूटान कार्बन नेगेटिव है एवं अपनी महत्त्वाकांक्षी जल विद्युत् परियोजनाओं से पर्यावरण संरक्षण के लिए समर्पित है। उन्होंने भारत को भूटान का गहरा दोस्त बताया और भूटान के नवनिर्माण में भारत के अभूतपूर्व योगदान की सराहना की।

भोज में कई सांसदों ने हिस्सा लिया, जिसमें चोयेदा जमशो, किन्ले ओम और करमा तेनजिन प्रमुख थे। भूटान नेशनल असेंबली के महासचिव और विदेश मंत्रालय के महानिदेशक ने भी भोज में हिस्सा लिया। विदेश मंत्रालय के अन्य अधिकारियों के अलावा वहाँ पर नेशनल असेंबली के कई अन्य

भूटान नरेश से सम्मान ग्रहण करते हुए

अधिकारीगण भी उपस्थित थे, जिन्हें मैंने अपनी पुस्तकें भेंट कीं।

अगले दिन 20 फरवरी सुबह को हमारी मुलाकात भूटान के विदेश मंत्री और विदेश सचिव से हुई। चूँकि विदेश मंत्री भी भूटान नरेश की जन्म यात्रा पर जा रहे थे, इसलिए हमने हवाई अड्डे के लाउंज में मिलना तय किया।

भूटानी विदेश मंत्री ने बेहद गर्मजोशी से हवाई अड्डे पर हमारा स्वागत किया। उन्होंने इस बात पर प्रसन्नता जताई कि भारत-भूटान के संबंध दिल्ली में नई सरकार आने से काफी घनिष्ठ हुए हैं। विदेश मंत्री ने मुझे और अधिक दिन भूटान में रुकने का आग्रह किया। उन्होंने इस बात पर अत्यंत हर्ष प्रकट किया कि मैं केवल दोनों राष्ट्रों को निकट लाने के उद्देश्य से और हिमालयी चुनौतियों पर चर्चा करने के उद्देश्य से भूटान आया।

उन्होंने कहा कि भूटान हिमालयी क्षेत्र के लोगों के विकास के लिए प्रतिबद्ध है और भविष्य में भी कृतसंकल्प रहेगा। अत्यंत सौहार्दपूर्ण वातावरण में हुई इस मुलाकात के पश्चात् हम दिल्ली के लिए रवाना हो गए। □

भूटान : भौगोलिक, सामाजिक एवं आर्थिक जीवन

भूटान चारों तरफ भूमि (Land locked) से घिरा हुआ एक हिमालयी पर्वतीय देश है, जिसका क्षेत्रफल 47000 वर्ग किमी. है। अगर उत्तर से दक्षिण की दूरी की बात करें तो यह देश 204 किमी. है, जबकि पश्चिमी सीमा से पूर्वी सीमा 235.97 किमी. है। देश के केंद्र में स्थित थिपूचू नदी के पास बसा थिंपू शहर इस प्राकृतिक सुंदरता से परिपूर्ण देश की राजधानी है। चीन, भारत आदि महाशक्तियों से घिरे इस देश की सीमा 1075 किमी. है। भूटान हिमालयी क्षेत्र का देश है, जिसमें अत्यंत ऊँची पर्वत श्रृंखलाएँ हैं। उत्तर से दक्षिण की ओर जाने पर पहाड़ों की ऊँचाई घटती नजर आती है। कुला

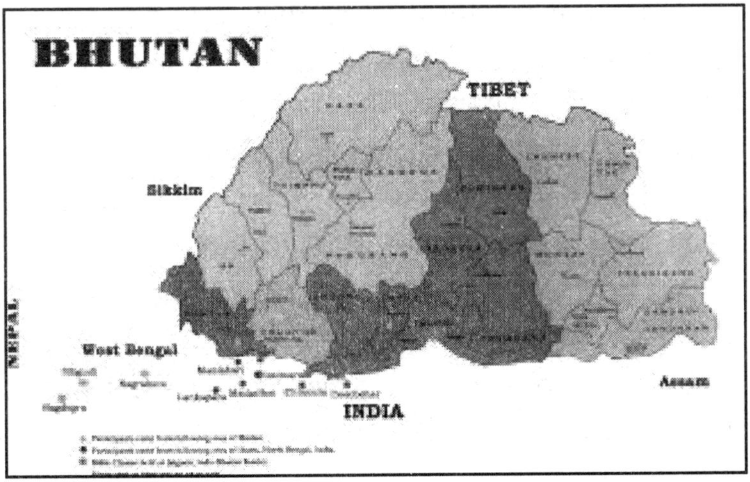

कांगरी पर्वत उत्तरी क्षेत्र में स्थित है। इसकी ऊँचाई 7554 मीटर है। दूसरे पर्वत चोमा लाहरी की ऊँचाई 7314 मीटर है। भूटान की ऊँची पर्वत श्रृंखलाओं के बीचोबीच अत्यंत सँकरी घाटियाँ हैं। कई नदियाँ इन पर्वत श्रृंखलाओं से निकलती हैं, जो अंततः ब्रह्मपुत्र से मिल जाती हैं।

वैसे भी अगर पड़ोसी देशों के साथ भारत की विदेश नीति का मूल्यांकन किया जाए तो भूटान के अलावा हमें अन्य कहीं ज्यादा सफलता नहीं मिली है। पाकिस्तान, चीन, बाँगलादेश, श्रीलंका आदि राष्ट्रों के साथ समय-समय पर विवाद उठते रहे हैं, हालाँकि कोशिश की जाती रही कि सार्क के माध्यम से हम दूसरों से घनिष्ठ और गतिशील संबंध स्थापित कर सकें।

भूटान का भूगोल

भूटान का राज्य मध्य हिमालय में स्थित है। तिब्बत के उत्तर में स्थित यह देश भारतीय राज्यों असम, पश्चिम बंगाल, सिक्किम के साथ सटा हुआ भूटान पूर्णतया पहाड़ी देश है। देश का कुल क्षेत्रफल लगभग 47,000 वर्ग किलोमीटर है, स्विट्जरलैंड के आकार के लगभग यह देश नैसर्गिक सौंदर्य में भी स्विट्जरलैंड से कम नहीं है।

प्रशासन की दृष्टि से भूटान देश को 20 जिलों में विभाजित किया गया है। इनके नाम हैं—बुमथांग, चुक्खा, चीरांग, दागा, गासा, गेलेगफुग, हा, लुठशी, मोंगार, पारो, पेमागेटसेल, पुनाखा, सामची, समद्रप, जोगश्वर, शेमगांग, ताशीगांग, ताशी यागत्स, थिंपू, तोगंसा वागड़ी फोडराग। यहाँ पर यह बात ध्यान देने योग्य है कि 8 अगस्त, 1948 को 83 वर्ग किमी. की भूमि वापस की, जो कि अब समद्रूप जोगश्वर का हिस्सा है। वर्ष 1964 में देश की राजधानी पुनाखा से थिंपू कर दी गई। प्रशासन को सुचारु रूप से चलाने हेतु वर्ष 1988 में देश को चार जोन में बाँट दिया गया, जिन्हें जोगड़े कहते हैं।

भूटान की शहरी बस्तियाँ आधुनिकीकरण की प्रक्रिया के साथ पूरे विश्व से कदम-ताल मिलाती नजर आती हैं। अधिकांश भूटानी लोग अभी भी अपने शांत पहाड़ी गाँवों में कृषि कार्य से जुड़े हुए हैं। भूटान के लोग आहार के

रूप में मांस, डेयरी उत्पाद, अनाज और सब्जियों को अधिक मिर्च-मसाले के साथ पसंद करते हैं। नमक, मक्खन, चाय या सुजा सभी अवसरों पर अतिथियों को परोसा जाता है। चांग एक स्थानीय बियर है। सुपारी पारंपरिक रूप में पेश की जाती है। चावल, मक्का, गेहूँ, जौ की खेती यहाँ भी हिंदुस्तान के पर्वतीय क्षेत्रों की तरह परंपरागत तरीके से की जाती है।

यह छोटा सा देश अत्यंत समृद्ध और विकसित है, शायद सफल नियोजन इसका मुख्य कारण है। पर्वत श्रृंखलाओं के मध्य स्थित भूटान पहाड़ों से घिरा हुआ एक भूमि-बंद देश है। तिब्बती पठार से घिरा भूटान अपने वृहत्तर भाग में 7300 मी. ऊँची चोटी के साथ अल्पाइन फ्लोरा का क्षेत्र है।

यहाँ पर घाटियों में उपजाऊ क्षमता कम है। कई नदियाँ बरसात के मौसम में ही बहती हैं। हर जगह की तरह लोग ऊँचे पर्वतों से पलायन कर तलहटी में बस गए हैं। मैदानी भागों में अर्द्ध-उष्णकटिबंधीय वन, सवाना घास के मैदान और बाँस का जंगल बड़े भू-भाग में फैला है।

रहस्यों का देश भूटान

भूटान को रहस्यमयी देश के रूप में जाना जाता है। कई सदनों, रहस्यवादियों, विद्वानों और तीर्थयात्रियों द्वारा यहाँ का दौरा किया गया है, इन सभी लोगों ने भूटान की भूमि और उसके लोगों को अनमोल आध्यात्मिक और सांस्कृतिक विरासत के लिए पूरे विश्व में विलक्षण माना है। यहाँ की भूमि एवं यहाँ के निवासी उनकी अमूल्य आध्यात्मिक तथा सांस्कृतिक विरासत के लिए पूरे विश्व में प्रसिद्ध हैं।

यहाँ आनेवाले अतिथि और पर्यटकों को आश्चर्य होता है कि यहाँ के जनजीवन में पारंपरिक जीवनशैली और संस्कृति पूर्णतः विद्यमान है। आज जबकि पाश्चात्य संस्कृति ने हर देश में घुसपैठ कर दी है, ऐसे में भूटान में अभी भी अपने पारंपरिक रीति-रिवाजों, सांस्कृतिक और सामाजिक मूल्यों तथा परंपराओं को सहेज कर रखा है।

ऊँची पहाड़ियों और ढलानों पर पारंपरिक रूप से बुने वस्त्रों से निर्मित

रंग-बिरंगे लहराते झंडे प्राकृतिक सौंदर्य को और भी नैसर्गिक रूप प्रदान करते हैं, वहीं स्थानीय लोगों द्वारा किए जानेवाले मनमोहक लोकनृत्य इस देश को विश्व पटल पर एक विलक्षण देश के रूप में स्थापित करते हैं।

भूटान जाने पर आपको एक अद्वितीय प्राकृतिक सांस्कृतिक छटा के दर्शन होते हैं, जो मन-मस्तिष्क को आनंदित कर देती है। सबसे महत्त्वपूर्ण बात यह है कि यूरोपीय देशों की तरह भूटान ने अपनी संस्कृति, अपनी विरासत को संरक्षित रखने में सफलता पाई है। इस मामले में हम भारत में कहीं पीछे हैं। भूटान ने अपने प्राकृतिक परिवेश को संरक्षित रखा है, वे सभी इसे जीवन के स्रोत तथा देवताओं और आत्माओं के निवास के रूप में मान्यता देते हैं। यह इसलिए हो पाया कि 7वीं शताब्दी के बाद से बौद्ध धर्म प्रमुख धर्म रहा है। इसके दर्शन के अनुसार मानव जीवन की संवेदनाएँ पवित्र और अमूल्य हैं। इन्हीं मानवीय मूल्यों और संवेदनाओं के चलते ही यहाँ के लोग अपनी परंपराओं को संरक्षित कर पाए हैं।

यहाँ के लोग पर्यावरण और प्रकृति का सम्मान करना अपनी नैतिकता समझते हैं। इसी के अनुरूप आचरण करते हुए प्रकृति के साथ समन्वय स्थापित करके उन्होंने अपने पर्यावरण को विशुद्ध रूप से प्राचीन स्वरूप में ही संरक्षित रखा है।

भूटान को 10 वैश्विक जैव विविधतावाले गरम स्थानों और 221 वैश्विक स्थानिक पक्षी क्षेत्रों में से एक के रूप में स्थान प्राप्त है। पर्यावरणीय विविधता को सँजोए हुए भूटान में पक्षियों की 770 प्रजातियाँ हैं। केवल रोडोडे-ड्रान की 50 से अधिक प्रजातियाँ हैं। भूटान में ताकिन, हिम तेंदुए, स्वर्ण लंगूर, नीली भेड़, बाघ, पानी भैंस और हाथी जैसे अनेक पशु मिलते हैं, जो यहाँ के एक समृद्ध वन्य जीवन के द्योतक हैं।

मुझे आस्ट्रिया में वहाँ के चिड़ियाघर जाने का मौका मिला। अपने वियना प्रवास में कुछ हिमालीय क्षेत्र के जानवरों को देखा, जो भूटान में भी मौजूद हैं। देश ने एक नियंत्रित पर्यटन और विकास नीति अपनाई है। भूटान में बहुत सीमित संख्या में ही पर्यटक आते हैं। भूटान की यात्रा करनेवाले

प्रकृति प्रेमियों के लिए, ट्रैकिंग के विविधता भरे रास्ते हैं, जहाँ भूटान की जैव विविधता और नैसर्गिक सौंदर्य देखा जा सकता है।

सादगी भरा जीवन

भूटान के विषय में एक बात, जिसने मुझे अत्यंत प्रभावित किया है, वह है महिलाओं का सम्मान। भूटान में कहीं भी दहेज न किसी रूप में लिया जाता है और न ही दिया जाता है। महिलाओं को पुरुषों की भाँति शिक्षा, सेवा, नौकरियों में समान अवसर प्राप्त हैं। वर्ष 1980 के पश्चात् सरकार द्वारा परिवार नियोजन, महिला स्वास्थ्य, बाल कल्याण की योजनाओं को क्रियान्वित किया गया। मैंने देखा है कि देश के हर कार्य क्षेत्र में महिलाओं की अच्छी-खासी भागीदारी है।

देश में हर क्षेत्र में 35 से 40 प्रतिशत महिलाओं का प्रतिनिधित्व देखने को मिलता है। यहाँ बहु विवाह प्रथा की मान्यता है, हालाँकि नई पीढ़ी अब इस प्रथा को पसंद नहीं कर रही है। यहाँ महिलाएँ देर रात 11-12 बजे तक अपने काम से घरों के लिए निकलती हैं। मुझे यह भी बताया गया कि महिलाओं और बच्चों के प्रति यहाँ अपराध न के बराबर हैं। भूटान में

पारंपरिक परिधान में भूटानी युवतियाँ

सभी आधिकारिक कार्यक्रमों में वहाँ की राष्ट्रीय वेशभूषा पहनना नितांत आवश्यक है।

बौद्ध बाहुल्य देश होने के कारण यहाँ की हर सामाजिक गतिविधि में बौद्ध धर्म की छाप दिखती है। जिस किसी स्थान पर आप जाएँ, आपको हाथ में माला लिये हुए भगवान् का स्मरण करते बौद्ध भिक्षु अवश्य मिल जाएँगे। नेपाली मूल के हिंदू इस देश में अल्पसंख्यक हैं। नेपाली हिंदू पिछले कई वर्षों से सरकारी सेवाओं में अपना प्रतिनिधित्व बढ़ाने में सफल हुए हैं। ये लोग अब निश्चित रूप से भूटान की राष्ट्रीय धारा का अंग बन चुके हैं।

भूटान में सबसे बड़ी समस्या यहाँ के लोगों के लिए समुचित स्वास्थ्य सेवाओं का अभाव है। एक लाख लोगों के लिए 10 या उससे भी कम डॉक्टर उपलब्ध हैं। कमोबेश नर्स एवं मिडवाइफों की संख्या भी चिंताजनक है। भूटान में पाँच वर्ष से कम आयु के 40 प्रतिशत बच्चे औसत वजन से कम हैं। देश में 10 प्रतिशत से कम लोग परिवार नियोजन के उपायों को अपनाते हैं।

भूटान के समाज में समरसता एवं सामाजिक एकता के ताने-बाने को पश्चिमी सभ्यता से अवश्य खतरा उत्पन्न हुआ है। मुझे बताया गया कि वर्ष 2014 में ग्रास नेशनल हैप्पीनेस के प्रोग्राम निदेशक ने कहा कि आज हम अंधी दौड़ में भौतिकतावादी विकास को अपना सर्वस्व मान रहे हैं। कई अन्य एशियाई देशों ने भी ऐसा ही किया। आज उन देशों ने भौतिकवाद के साथ आर्थिक प्रगति तो कर ली है, परंतु जहाँ तक सामाजिक ताने-बाने और परंपरागत मूल्यों को सहेजने की बात है तो उसमें हम असफल रहे हैं। मुझे लोगों से, विशेषकर पुरानी पीढ़ी से बात कर यह आभास हुआ कि युवा लोगों में धर्म और आस्था के प्रति अपनी परंपराओं के प्रति रुझान लगातार घटता जा रहा है। जहाँ रोज पूजा-अर्चना होती थी, अब नई पीढ़ी हफ्ते में पूजा-अर्चना में शामिल होती है।

भूटान के लोगों को रूढ़िवादी कहा जाए तो कोई अतिशयोक्ति नहीं होगी। अत्यंत विनम्र, सादगी भरा जीवन जीने को समर्पित इन लोगों के लिए अपने रीति-रिवाज, मान्यताएँ तथा परंपराएँ महत्त्वपूर्ण हैं। उन्हें दूसरे के बारे में

न के बराबर जानकारी है। भूटान के लोग राजनीति, आय, व्यापार के बारे में बात करने से कतराते हैं, किंतु वे खुलकर अपने मित्रों से बात करते हैं। भूटान के लोग अपनी पारंपरिक वेशभूषा को पहनते हैं।

मेरे प्रोटोकॉल अधिकारी ने बताया कि वे अपना राष्ट्रीय परिधान द्रिगलाम नमझा पहनते हैं और उजाले में सभी लोग इन पारंपरिक वस्त्रों में रहते हैं। पुरुष लोग खुली कुर्तानुमा वेशभूषा को 'घो' कहते हैं, जो घुटनों तक आती है। पैरों में जूते पहने जाते हैं। कई बार मुझे लगा कि इतनी सर्दी में ये लोग घुटनों के नीचे बिना किसी परिधान के कैसे सर्दियाँ काटते हैं, परंतु मुझे लगता है कि अभ्यास होने से उन्हें शायद इतनी ठंड नहीं लगती होगी। महिलाएँ ब्लाउज के साथ पूरी लंबाई की ड्रेस पहनती हैं, जिसे 'कीरा' कहा जाता है।

भूटान में एक पर्यटक के रूप में आप अपनी कोई भी वेशभूषा पहन सकते हैं, परंतु मंदिरों, बौद्ध विहारों, स्तूपों के समक्ष आपसे यह अपेक्षित है कि आपके घुटने और आपके हाथों की कुहनियाँ ढँकी हुई होनी चाहिए। ऐसी सलाह भी दी जाती है कि सिर ढका हुआ हो। कोशिश की जानी चाहिए कि पूर्णतया शांति के माहौल में विहारों में किसी भी प्रकार बातचीत न की जाए।

जहाँ तक विवाह संस्कारों का प्रश्न है, विवाह-शादी परिवार, मूल स्थान को देखकर होती थी, हालाँकि अब लोग आपसी पसंद से शादी करने लगे हैं। यहाँ लोगों के पास पर्याप्त भूमि होती है। विवाह पश्चात् दंपती किस स्थान पर रहेंगे, यह इस बात पर निर्भर करता है कि कहाँ पर ज्यादा भूमि उपलब्ध है। भूटान में विभिन्न कबीलों के बीच वैवाहिक संबंधों को प्रोत्साहन दिया जाता था और दस हजार रुपए तक प्रोत्साहन राशि देने का प्रावधान था, हालाँकि अब यह प्रोत्साहन हटा दिया गया है। एक समय था, जब भूटान में लोगों की एक से ज्यादा पत्नियाँ होना आम बात थी, किंतु आज के समय में बहुपत्नी प्रथा काफी कम हो गई है, हालाँकि आप एक से ज्यादा विवाह कर सकते हैं, परंतु इसके लिए प्रथम पत्नी की रजामंदी आवश्यक है। अगर पहली पत्नी आज्ञा नहीं देती तो विवाह गैर-कानूनी माना जाता है। भूटान में लड़की सोलह साल की उम्र और लड़का 21 साल की उम्र में शादी के लिए बालिग माने

जाते हैं। भूटान में विदेशी लोगों से विवाह करने की पाबंदी नहीं है, परंतु इसे किसी स्तर पर प्रोत्साहन नहीं दिया जाता। विवाह के पश्चात् कोई विदेशी स्वतः भूटान का नागरिक नहीं बन सकता। भूटान में विवाह समारोहों में पारंपरिक ऊन से बने वस्त्र इत्यादि भेंट में दिए जाते हैं। इन पारंपरिक भेटों में स्थानीय तौर पर निर्मित रेशम का उपयोग भी किया जाता है। विवाह में भारत की तरह परंपरागत पूजा-अर्चना की जाती है। नवदंपती बौद्ध मंदिर में विभिन्न प्रकार के पूजा-अनुष्ठान में हिस्सा लेते हैं। धार्मिक पद्धति से विवाह संस्कार संपन्न कर वर-वधू को विभिन्न प्रकार के उपहार प्रदान किए जाते हैं।

जल एवं कुटीर उद्योग आर्थिकी की रीढ़

भूटान की अर्थव्यवस्था के तीन मुख्य स्तंभों के रूप में कृषि, जल-विद्युत् और वानिकी को रखा जा सकता है। छोटी जनसंख्या वाले इस देश में साढ़े तीन लाख से अधिक लोग इन तीन क्षेत्रों से जुड़े हुए हैं। भविष्य में ही इन तीनों क्षेत्रों में अत्यधिक विकास दर देखे जाने की प्रबल संभावना है।

भूटान की अर्थव्यवस्था के समक्ष वही चुनौतियाँ हैं, जो भारत के हिमालयी राज्यों के समक्ष हैं। दूर-दराज क्षेत्रों में अवस्थापना की कमी, संपर्क मार्गों

भूटान में लहलहाते खेत पर्वतीय कृषि को उत्कृष्ट बनाते हुए

आर्गेनिक खेती में सिक्किम से प्रेरणा लेता भूटान

की कमी, निवेश की कमी, मानव संसाधन की अनउपलब्धता जैसे अनेक बड़े अवरोध इस क्षेत्र का विकास प्रभावित कर रहे हैं। औद्योगिक उत्पादन की बात की जाए तो पर्वतीय क्षेत्रों में किसी भी उत्पादन की लागत अत्यधिक होती है। ऐसी स्थिति में केवल कुटीर उद्योगों के सहारे आर्थिक गतिविधियाँ चलाई जा सकती हैं। सबसे महत्त्वपूर्ण बात यह है कि हमें उन कुटीर उद्योगों पर ध्यान केंद्रित करना चाहिए, जिनका कच्चा माल पर्वतों में ही प्रचुर मात्रा में उपलब्ध हो और जिसके लिए बड़ी मशीनरी एवं बड़ी अवस्थापना की आवश्यकता न हो। ऐसी इकाइयों के वर्ग में वानिकी, फ्लोरीकल्चर आर्गेनिक खेती, खुंब उत्पादन, फल और सब्जियों का उत्पादन, जड़ी-बूटी उत्पादन, फल और सब्जियाँ खाद्य प्रंस्करण पर कार्य किया जा सकता है, हालाँकि यूरोप में पर्वतों में सुविधाएँ उपलब्ध करवाकर पर्यटकों के लिए आकर्षक पर्यटन स्थल बनाए जा सकते हैं। भूटान अपने देश के स्थलों को पर्यटकों के लिए विकसित करने और खोलने में काफी रुचि दिखाता रहा है। यहाँ भी भूटान की अर्थव्यवस्था भारतीय अर्थव्यवस्था पर काफी निर्भर है। भारतीय आर्थिकी के शानदार प्रदर्शन का निश्चित रूप से भूटान की व्यवस्था पर अच्छा प्रभाव पड़ेगा। भूटान की मुद्रा भी भारतीय मुद्रा से जुड़ी है। दोनों देश

लकड़ी का उद्योग भूटानी अर्थव्यवस्था का महत्त्वपूर्ण स्तंभ

एक-दूसरे के साथ 90 प्रतिशत से अधिक आयात-निर्यात करते हैं। इसके अतिरिक्त भूटान में कुशल मानव संसाधन की सभी आवश्यकता भारत पूरी करता है। भूटान की आर्थिकी की एक बड़ी चुनौती, वहाँ पर निवेश के लिए पारदर्शी, सुनियोजित, समयबद्ध तथा जिम्मेवार तंत्र की कमी है। लोगों के मन में निवेश को लेकर काफी संशय है। औद्योगिक लाइसेंसिंग लेबर, वित्तीय स्वीकृतियों पर साफ तसवीर न होने के कारण लोग निवेश करने से कतराते हैं। इसके अतिरिक्त मजदूरों और कुशल कारीगरों की अनउपलब्धता एक बड़ी समस्या है। 40 प्रतिशत निर्यात जल विद्युत् से जुड़ा है और इसी से देश का 25 प्रतिशत राजस्व आता है। देश की अगर कुल पनबिजली उपलब्धता पर दृष्टिपात करें तो 10 प्रतिशत का ही उपयोग हो पाया है, ऐसी स्थिति में दर्जन भर नए जल-विद्युत् ऊर्जा संयत्रों पर कार्य करने की आवश्यकता है।

बेरोजगारी का प्रतिशत न्यूनतम

भूटान में साढ़े तीन लाख से ऊपर कामगार हैं। देश के कृषि क्षेत्र में सर्वाधिक 58 से 60 प्रतिशत लोग जुड़े हैं। उद्योग से 20 प्रतिशत और 22 प्रतिशत लोग सेवा क्षेत्र से जुड़े हैं। भूटान का अच्छा पक्ष है कि यहाँ की

सामान ढोने के परंपरागत तरीके

बेरोजगारी का प्रतिशत 4 प्रतिशत से कम है। देश की 13 प्रतिशत के करीब जनसंख्या गरीबी की रेखा से नीचे आती है। भूटान के बारे में अच्छी बात यह है कि यहाँ की महँगाई नियंत्रण में है, मुद्रास्फीति की दर 3.5 प्रतिशत के आसपास है, जो मूल्यों को नियंत्रण में रखने की सरकारी कोशिशों की कामयाबी दर्शाती है। ऋणों की ब्याज दर के विषय में अगर तुलना करें तो भारत के समकक्ष 12–13 प्रतिशत तक है। देश का सर्वाधिक निर्यात 95 प्रतिशत से अधिक भारत से होता है और सर्वाधिक आयात 91 प्रतिशत भारत से होता है। मुख्य निर्यात में बिजली, गरम कपड़े, सीमेंट, मसाले, चूना, जिप्सम, डोलामाइट प्रमुख हैं, जबकि आयात में मोटर गाड़ियाँ, भारी मशीनरी, ईंधन, लूब्रिकेंट्स, स्वास्थ्य उपकरण, स्पेयर पार्ट्स, फल सब्जियाँ इत्यादि हैं।

□

भूटान : समृद्ध एवं संरक्षित इतिहास

हिमालय क्षेत्र में स्थित इस देश को रहस्यमयी देश के साथ अध्यात्म और सांस्कृतिक विरासत का देश माना गया है। इस देश के इतिहास में यहाँ की संस्कृति अत्यंत समृद्ध रही है। इसका अंदाजा इस बात से लगाया जा सकता है कि यहाँ की पारंपरिक जीवनशैली अपनी तमाम विशेषताओं के साथ आज भी जीवंत है। यहाँ की परंपरागत जीवनशैली आधुनिक धर्म-निरपेक्ष जीवन की सभी विशेषताओं को अपने में व्यापक करते हुए विशुद्ध प्राकृतिक वातावरण में एक अद्वितीय सांस्कृतिक चेतना के दर्शन कराती है। भूटान के इतिहास की जानकारी 7वीं शताब्दी से मिलती है, जब बौद्ध धर्मावलंबियों

टाइगर नेस्ट भूटान का सबसे बड़ा आध्यात्मिक केंद्र

द्वारा प्राकृतिक पर्यावरण का सम्मान करने हेतु नैतिकता के मूल्यों को स्थापित किया गया। भूटान देश के लोगों ने सदियों से अपना प्राकृतिक परिवेश सुरक्षित एवं संरक्षित रखा है।

युवा पर्वत श्रृंखला हिमालय का उद्भव हम 6 करोड़ वर्ष पूर्व मानते हैं। ऐसी मान्यता है कि आज का भूटान टेथीस सागर के नीचे का भू-भाग था। हजारों वर्षों की भूगर्भीय प्रक्रियाओं से गुजरकर इंडो ऑस्ट्रेलियन का भूखंड अपने मूल स्थान से हट गया। सदियों की भूगर्भीय प्रक्रिया टेक्टोनिक फोर्सिस के कारण धरती सतह से ऊपर आकर पर्वतों में तब्दील हो गई। आज के दिन भी इन पर्वतों की ऊँचाई में परिवर्तन दिखाई देता है। इन्हीं पर्वत श्रृंखलाओं में अध्यात्म की धरती भूटान का उद्भव हुआ।

गुरु रिंपोचे को भूटान के लोग द्वितीय बुद्ध भी मानते हैं और उसके पश्चात् 13वीं सदी में ड्रक्पा काग्यू बौद्ध शाखा की स्थापना तिब्बत से आए महान् बौद्ध भिक्षु फाजो ड्रकगोम शिगपो ने की। उसके पश्चात् पेमा लिंगपा नामक भिक्षु ने गुरु रिंपोचे अर्थात् स्वामी पद्मसंभव के भूमतांग सरोवर में बहुमूल्य वस्तुओं को पाया। सत्रहवीं सदी में महान् तिब्बती भिक्षु शबदूं नामग्याल ने संपूर्ण देश को एक सूत्र में पिरोकर बौद्ध राष्ट्र की स्थापना का मार्ग प्रशस्त किया। भूटान के लोगों ने जीवन के सभी स्रोतों को देवताओं और आत्माओं के निवास के रूप में सजीव रूप से देखा है।

भूटान के इतिहास के विषय में कई जानकारियाँ अपूर्ण एवं अस्पष्ट हैं। इसका मुख्य कारण रहा है कि यह क्षेत्र प्राकृतिक आपदाओं की मार को झेलता रहा है। भूकंप, भू-स्खलन, अग्निकांड जैसी दुर्घटनाओं ने अमूल्य दस्तावेजों को अप्राप्य बना दिया। कहा जाता है कि 8वीं सदी में गुरु रिंपोचे (पद्मसंभव या द्वितीय बुद्ध) ने पश्चिमी भूटान में बौद्ध धर्म की राह में अवरोध करनेवाली आत्माओं को दबाने के लिए यात्रा की। इन शक्तियों को परास्त करते हुए भगवान् रिंपोचे ने इन्हें आशीर्वाद दिया। तांत्रिक बौद्ध धर्म से भूटान का परिचय संभवतः यहीं से प्रारंभ हुआ। टाइगर नेस्ट, जिसे भूटान का सबसे पवित्र स्थान माना गया है, इस घटना से जुड़ा हुआ है। दुर्गम टाइगर

नेस्ट में आज भी परंपरागत पूजा-अर्चना विधिवत् की जाती है। भूटान के विषय में पाठकों के साथ यह भी साझा करना चाहूँगा कि भूटान बौद्ध धर्म की महायान शाखा के तांत्रिक स्वरूप को जीवंत रखनेवाला विश्व का एकमात्र देश है। वैसे भी भूटान इस क्षेत्र का अंतिम स्वतंत्र देश है, जिसने बौद्ध धर्म को अपना आधिकारिक धर्म घोषित किया है।

ऐसा माना जाता है कि भूटान का नाम संस्कृत के 'भूटान' से लिया गया है, जिसका अर्थ है 'तिब्बत का अंत' या 'भुट्टन', जिसका अर्थ है 'उच्च भूमि'। ऐतिहासिक रूप से भूटानी ने अपने देश को ड्रक यूल, 'थॉवर ड्रैगन की भूमि' के रूप में भेजा है। भूटानी लोग खुद को दुकपा लोगों के रूप में कहते हैं।

गुरु रिंपोचे (प्रेसिजन मास्टर) भूटान में प्रचलित तांत्रिक महायान बौद्ध धर्म के विद्यालय का पिता है। भूटान का प्राचीन इतिहास मिथकों के रूप में है। अनुमानत: भूटान में 2000 ईसा पूर्व बस्तियाँ बसनी शुरू हुईं। दंत-कथाओं के अनुसार, इस पर 7वीं शती ईसा-पूर्व में कूच बिहार के राजा का अधिकार था, किंतु 9वीं शताब्दी में यहाँ बौद्ध धर्म आने के पूर्व का इतिहास अधिकांशत: अज्ञात ही है। इस काल में तिब्बत में अशांति होने के कारण बहुत से बौद्ध भिक्षु यहाँ आ गए।

12वीं शताब्दी में स्थापित ड्रक्पा कग्युपा संप्रदाय आज भी यहाँ का प्रमुख संप्रदाय है। इस देश का राजनीतिक इतिहास इसके धार्मिक इतिहास से निकट संबंध रखता है। सत्रहवीं सदी के अंत में भूटान ने बौद्ध धर्म को अंगीकार किया। 1865 में ब्रिटेन और भूटान के बीच सिनचुलु संधि पर हस्ताक्षर हुआ, जिसके तहत भूटान को सीमावर्ती कुछ भू-भाग के बदले कुछ वार्षिक अनुदान के करार किए गए। ब्रिटिश प्रभाव के तहत् 1907 में वहाँ राजशाही की स्थापना हुई। तीन साल बाद एक और समझौता हुआ, जिसके तहत ब्रिटिश इस बात पर राजी हुए कि वे भूटान के आंतरिक मामलों में हस्तक्षेप नहीं करेंगे, लेकिन भूटान की विदेश नीति इंग्लैंड द्वारा की जाएगी। बाद में 1947 के पश्चात् यही भूमिका भारत को मिली। दो साल बाद 1949

गुरु रिपोंचे की प्रतिमा

में भारत-भूटान समझौते के तहत भारत ने भूटान की वह सारी जमीन उसे लौटा दी, जो अंग्रेजों के अधीन थी। इस समझौते के तहत भारत को भूटान की विदेश नीति एवं रक्षा नीति में काफी महत्त्वपूर्ण भूमिका दी गई।

भूटान की राजशाही द्वारा देश को एकजुट किया गया और खुद को देश के सर्वोच्च नेता और निवासी नागरिक शक्ति के रूप में स्थापित किया, जिसे ड्रक देसी कहा जाता है। धार्मिक मामलों पर एक अन्य नेता, जे. खेंपो (भूटान के चीफ एबॉट) के लिए आरोप लगाया गया था। शाबृंग के निधन के बाद दो शताब्दियों के लिए, नागरिक युद्ध में एक-दूसरे से अलग हो गए और क्षेत्रीय पेनॉप्स (राज्यपाल) तेजी से और अधिक शक्तिशाली बन गए। यह समाप्त हो गया, जब मठवासी समुदाय के प्रतिनिधियों, सिविल सेवकों और लोगों ने 1907-1926 में त्रिनगास के पेनलॉप, उगियन वांगचुक को भूटान का पहला राजा चुना। तब से राजशाही बढ़ी है और वर्तमान राजा, महामहिम जिग्मे सिंगे वांगचुक अपने लोगों के लिए भारी समर्थन का आदेश देते हैं।

अद्वितीय शासन प्रणाली

भूटान में सरकार का रूप देश के रूप में अनोखा है। यह दुनिया में एकमात्र लोकतांत्रिक राजशाही है, उनके महामहिम राजा जिग्मे सिंग्ये वांगचुक भूटान के चौथे राजा हैं। एक बहुत ही खास आदमी, जिसने अपने देश की संस्कृति और परंपराओं को बरकरार रखा है, जबकि अपने लोगों की आवाज सुनते हुए। एच.एम. किंग जिग्मे सिंग्ये वांगचुक के छह विकास लक्ष्यों में से एक है, सरकार में लोगों की भागीदारी और विकेंद्रीकरण। प्रशासनिक व्यवस्था से वंचित भूटान को 20 मोजगग्ज में विभाजित किया गया है, प्रत्येक के अपने चुने हुए 3 वर्षीय प्रतिनिधि, एक जोगदाग (जिला प्रमुख) है। 1988 में जिले के स्तर और केंद्र सरकार के बीच प्रशासनिक इकाइयों के रूप में चार जोंगड (जोन) स्थापित किए गए थे। चार जिलों के एक समूह ने एक क्षेत्र बना लिया है, जिसका नेतृत्व क्षेत्र के जिला प्रमुखों पर अधिकार के साथ झोंगे चिचब (क्षेत्रीय प्रशासक) की अध्यक्षता में किया जाता है। सभी जिलों को ब्लॉक, प्रशासनिक इकाइयों में विभाजित किया जाता है, जिसमें कई गाँव शामिल हैं। ब्लॉक स्तर पर, सरकार के आदेश एक निर्वाचित प्रतिनिधि चुप (गाँव हेडमन) के माध्यम से प्रेषित होते हैं।

शोगडू या नेशनल असेंबली में 154 सदस्य हैं, जो 3 श्रेणियों में आते हैं। 105 सदस्योंवाले सबसे बड़े समूह में चिमिस हैं, भूटान के 20 मोजे के

परंपरागत वेशभूषा में भूटान की ग्रामीण महिलाएँ

प्रतिनिधि क्षेत्रीय भिक्षु निकायों ने 12 मठों के प्रतिनिधियों का चुनाव किया, जो 3 साल के पदों की सेवा भी करते हैं। अन्य 37 प्रतिनिधि राजा द्वारा नामित सिविल सेवक हैं। इनमें 20 डोजगैग, (जिला प्रशासक या महापौर) शामिल हैं, जोन्गडाग के लिए पुराना शब्द पेनलोप (गवर्नर) है।

बौद्ध भिक्षुओं ने बसाया पूरा देश

10वीं शताब्दी में महमूद गजनवी, 12वीं शताब्दी में मंगोलों के राजा चंगेज खान और फिर 14वीं शताब्दी आते तक बौद्ध धर्म पतन की ओर जा रहा था। अहिंसा पर विश्वास करनेवाले बौद्ध धर्म के अनुयायियों का जीवन संकट में था, इसलिए वह सबसे दूर हिमालय की ओर जीवन बिताने चले गए। कुछ ने भारत के लद्दाख में जगह पाई और कुछ लद्दाख सीमा से होते हुए तिब्बत और नेपाल में जा बसे। 1616 में प्रताड़ित बौद्ध अनुयायियों और भिक्षुओं का एक जत्था तिब्बत के पहाड़ों पर आ पहुँचा। यहाँ के घने जंगलों में वे सुरक्षित थे। इसलिए वे सब यहीं बस गए। अभी हाल में विश्व हिंदी सम्मेलन में भूटान पर चर्चा हुई, बताया गया भूटान हिंदी शब्द 'भू-उत्थान' से बना है।

16वीं शताब्दी के अंत तक कुछ लोग तिब्बत और नेपाल से आकर यहाँ बसना शुरू हो गए। परिवारों की संख्या बढ़ी और तिब्बत के 40 प्रतिशत क्षेत्र में इनसानी खिलखिलाहटें सुनाई देने लगीं। यहाँ लोग बौद्ध धर्म की शिक्षाओं का अनुसरण करनेवाले थे, इसलिए उन्होंने खुद को हमेशा प्रकृति के करीब रखा।

जैसे मुझे बताया गया, भूटान के नाम के विषय में अनेक बातें प्रचलित हैं, परंतु कहीं-न-कहीं इसे संस्कृति से जोड़ा जाता है। इस बात का प्रमाण है कि भूटान के लोगों का भारत से काफी पुराना नाता रहा है। भूटान को कुछ विद्वान् 'भूतांत' से जोड़ते हैं, जिसका अर्थ है तिब्बत का अंत। अधिकतर विद्वान् इसे भोटिया लोगों, यानी कि तिब्बती लोगों का घर मानते हैं। विदेश के लोग कुछ भी कहते रहें, लोग भूटान को ड्वयूल कहते हैं, यानी कि थंडर

ड्रेगन का देश। भूटान के लोग ड्रेगन से अपनी पहचान स्थापित करते हैं। उनका मानना है कि वर्ष 1189 में तिब्बत के ड्रक बौद्ध मठ में सर्वप्रथम यह थंडर ड्रेगन दिखा।

ऐसा भी माना जाता है कि भूटान का नाम संस्कृत के शब्द 'भू-उत्थान' से लिया गया है। इस शब्द का अर्थ है 'ऊँची भूमि', यह भूटान के ऊँचे पहाड़ों पर एकदम सही बैठता है। भूटानियों का मानना है कि भूटान 'ड्रक

आधुनिक भूटान : परंपरागत भवनों में आधुनिक सुविधाएँ

यूल' यानी 'थॉवर ड्रेगन' की भूमि है। इसलिए वे लोग खुद को 'द्रुकपा' भी कहते हैं।

1907 में भूटान में राजशाही की स्थापना हुई। यह पहला मौका था, जब लोगों ने खुद को भगवान् बुद्ध और प्रकृति से हटाकर किसी इनसान के अधीन होना स्वीकार किया। दरअसल 19वीं शताब्दी आने तक भूटान की आबादी बढ़ गई थी और विचारधाराओं में अंतर दिखाई देने लगा था। लोगों को एक सूत्र में बाँधने की जरूरत थी। इसलिए बौद्ध मठवासियों ने निर्णय किया कि वे एक राजा बनाएँगे और सारी प्रजा राजा के अधीन होगी। इसके बाद उग्येन वांगचुक को भूटान का पहला राजा बनाया गया। उन्होंने 1907 से 1926 तक

राज किया और फिर उनके बड़े बेटे जिग्मे वांगचुक को राजगद्दी मिली। उन्होंने 1952 तक भूटान पर राज किया। इसके बाद उनके बड़े बेटे जिग्मे दोरजी ने 1972 तक और फिर उनके बड़े बेटे जिग्मे सिंग्ये ने देश की गद्दी सँभाली। साल 2006 में जिग्मे सिंग्ये की मृत्यु के बाद उनकी तीसरी पत्नी रानी अशी के बड़े बेटे जिग्मे खेसर नामग्याल वांगचुक को भूटान का राजा घोषित किया गया। वे अब भी देश की बागडोर सँभाले हुए हैं।

सदियों तक यह क्षेत्र केवल जंगली इलाका ही माना जाता था। जिन लोगों ने भूटानियों को नहीं देखा था, वे उन्हें आदिवासी मानते थे, हालाँकि संयुक्त राष्ट्र संघ ने सन् 1974 में भूटान को एक देश के रूप में आधिकारिक मान्यता दे दी। इसके बाद से भूटान दुनिया भर में जाना जाने लगा।

राजशाही और राजनीति का मेल

भूटान दुनिया में एकमात्र लोकतांत्रिक राजशाही देश है। यहाँ प्रधानमंत्री

खुशियों के देश में पर्यावरण संरक्षण हेतु ब्रिटिश राजकुमार विलियम और उनकी पत्नी विलियम केट

हैं, सांसद हैं, लेकिन इन सबसे ऊपर है देश का राजा। यहाँ पहली बार साल 2008 में आम चुनाव करवाए गए थे, लेकिन इससे लोगों के मन में अपने राजा के प्रति आस्था तनिक भी कम नहीं हुई।

जैसा कि मैंने पहले बताया, भूटान का राज प्रमुख राजा अर्थात् 'ड्रक ग्याल्पो' होता है, जो वर्तमान में जिग्मे खेसर नामग्याल वांगचुक हैं। हालाँकि यह पद वंशानुगत है, लेकिन भूटान की संसद् 'शोगडू' के दो-तिहाई बहुमत द्वारा इसे हटाया जा सकता है।

शोगडू में 154 सीटें होती हैं, इसमें स्थानीय रूप से चुने गए प्रतिनिधि (105), धार्मिक प्रतिनिधि (12) और राजा द्वारा नामांकित प्रतिनिधि (37) होते हैं। इन सभी का कार्यकाल तीन वर्षों का होता है। भूटान की राजनीति और राजशाही हालात कभी विवादों में नहीं आए। इसकी खास वजह थी कि भूटान ने अपने आंतरिक मामलों में कभी किसी देश का हस्तक्षेप नहीं होने दिया।

सन् 1865 में ब्रिटेन और भूटान के बीच सिनचुलु संधि पर हस्ताक्षर हुए

आधुनिकता की ओर विदेशी विद्वान भूटानी अर्थव्यवस्था पर मंचन

थे। यह वही दौर था, जब भारत ब्रिटिश हुकूमत के अधीन था और अंग्रेज भूटान को भी हथियाने की फिराक में थे। सिनचुलु संधि के तहत भूटान को सीमावर्ती भू-भाग के बदले कुछ वार्षिक अनुदान के करार करने पड़े। राजशाही की शुरुआत होने के बाद 1910 में एक और समझौता हुआ। इसके तहत ब्रिटिश इस बात पर राजी हुए कि वे भूटान के आंतरिक मामलों में हस्तक्षेप नहीं करेंगे, हालाँकि भूटान की विदेश नीति इंग्लैंड द्वारा तय की जाएगी।

यह बात और है कि भूटान ने न तो विदेशियों को अपने देश में दिलचस्पी लेने दी और न खुद कभी विदेशों के प्रति आकर्षित हुए। आगे जब भारत आजाद हुआ तो 1949 में भारत और भूटान के बीच समझौते हुए। इसके तहत भारत ने भूटान को उसकी पूरी जमीन लौटा दी, जो अंग्रेजों ने हथिया ली थी। इसके बदले भूटान ने भारत को उसकी विदेश नीति एवं रक्षा नीति में काफी महत्त्वपूर्ण जिम्मेदारी सौंप दी। भारत की नौ सेना-वायु सेना बाहरी आक्रमणों से भूटान की रक्षा करती आ रही है। यही कारण है कि भूटान चीन से दूर और भारत के दिल के करीब है।

ऐतिहासिक दृष्टि से भूटान में साम्राज्यों का गठन

'जिग्मो नामग्याल' का पुत्र 'उग्येन वांगचुक' अपने पिता का एक योग्य उत्तराधिकारी था। यह 'पारो' एवं 'टोग्सा' दोनों का शासक बन गया और आगे चलकर उसने अपने विरोधियों को परास्त कर अपनी स्थिति को मजबूती प्रदान की।

'डेसी' राज अब नाम मात्र का रह गया था और 'उग्येन वांगचुक' देश का एक अप्रतिवादित मुखिया बन गया।

सन् 1907 में 'उग्येन वांगचुक' को जन प्रतिनिधियों, उच्च अधिकारियों तथा महत्त्वपूर्ण व विशिष्ट लामाओं की सभा द्वारा सर्वसम्मति से भूटान के प्रथम पैतृक राजा के रूप में चुन लिया गया। उसको 'डुरूक ग्याल्पो' की उपाधि दी गई तथा उसके राज्याभिषेक दिवस-17 दिसंबर की आज भूटान के राष्ट्रीय दिवस के रूप में मान्यता है।

उग्येन वांगचुक एक अधिक स्नेह प्राप्त राजा था और उसका राजकाज, सन् 1926 में उसकी मृत्यु से पूर्व तक शांतिपूर्ण तथा प्रबुद्धता का प्रतीक रहा। उसके बाद उसके पुत्र 'जिग्मे वांगचुक' ने राजगद्दी सँभाली, जिसका राज्यकाल शांति एवं संपन्नता भरा रहा और सन् 1952 में उसकी मृत्यु के पश्चात् सत्ता उसके पुत्र 'जिग्मे दोरजी वांगचकु' के हाथों में आ गई। इस तीसरे राजा को भूटान में आधुनिक भूटान के 'पितामह' के रूप में सम्मान प्राप्त है।

वह एक स्वप्नदर्शी था, जिसने भूटान में एक योजनाबद्ध विकास कार्यक्रम का शुभारंभ किया, जिससे वहाँ पर अलगाव का अंत हो गया। उसके शासन में पहला सबसे बड़ा मोटर मार्ग निर्मित हुआ, जिससे वहाँ पर लोगों की जीवनशैली में नाटकीय रूप से बदलाव आया। पहली बार यहाँ पर लोगों के लिए आधुनिक शिक्षा की व्यवस्था उपलब्ध कराई गई और कृषि, जल-विद्युत ऊर्जा तथा शासन प्रबंधन की एक आधुनिक प्रणाली को विकसित करने हेतु भारत तथा अन्य देशों के सहयोग से तकनीकी सहायता के अनेक कार्यक्रम शुरू किए गए।

उसने एक राष्ट्रीय सभा को संस्थापित किया, जिसमें देश के हर क्षेत्र से जनता के प्रतिनिधि साथ में अधिकारियों, पुरोहित वर्ग के सदस्यों, मंत्रीगण एक उच्च न्यायालय, एक मुद्रा तथा बैंकिंग व्यवस्था और डाक प्रणालियाँ शामिल थीं।

सन् 1971 में भूटान संयुक्त राष्ट्र से जुड़ गया। केवल दो दशकों में सम्राट् जिग्मे दोरजी वांगचुक ने भूटान को मध्यकालीन युग से बाहर निकालकर बीसवीं शताब्दी की ओर आगे बढ़ाने का काम किया।

तीसरे राजा का सन् 1972 में युवावस्था में ही त्रासदीपूर्ण दुःखद अंत हो गया। उसका पुत्र 'जिग्मे सिंग्ये वांगचुक' चौथा 'डुरूक गयाल्पो' और मात्र सोलह वर्ष की आयु का दुनिया का सबसे युवा सम्राट् बन गया। सन् 2007 में भूटान ने उसके साम्राज्य का सौवाँ (100) वार्षिकोत्सव मनाया, जो कि तीसरे से ज्यादा समय का राज्यकाल था।

खुशियों का संदेश देता विश्व में अपनी चमक बढ़ाता आधुनिक भूटान

सन् 1974 में चौथे सम्राट् के राज्याभिषेक समारोह ने विश्व का भूटान की ओर ध्यान आकर्षित किया। इससे पहली बार देश में अंतरराष्ट्रीय मीडिया (जनसंचार माध्यम) का आगमन हुआ और अंतरराष्ट्रीय समाचार-पत्र व पत्रिकाओं में छपे चित्रों व लेखों में भूटान को एक चमकते हुए सुंदर युवा सम्राट् द्वारा शासित परीकथा जैसे राज्य के रूप में प्रदर्शित किया गया।

इस राज्याभिषेक के तुरंत बाद ही सम्राट् 'जिग्मे सिंग्ये वांगचुक' ने देश में भविष्य के विकास के अपने दर्शन की घोषणा की। उसने यह घोषित किया कि भूटान के विकास व उन्नति को निर्देशित एवं मापा भी जाएगा, परंतु उसके सकल घरेलू उत्पाद द्वारा नहीं, अपितु उसकी सकल राष्ट्रीय खुशी द्वारा।

यह एक क्रांतिकारी व एकदम नया विचार था, जिसने प्रारंभिक रूप से अर्थशास्त्रियों और अन्य विकास विशेषज्ञों में संशयवाद को आमंत्रित किया। जी.एन.एच. (सकल राष्ट्रीय खुशी) एक अच्छा 'तकिया कलाम' (मुहावरा) था। यह कई लोगों ने माना, परंतु खुशी को किस सूची के आधार पर मापा जा सकता था।

आज भूटान की 'सकल राष्ट्रीय खुशी' के इस सिद्धांत की सफलता को व्यापक रूप से पहचान मिली और संपूर्ण विश्व के अर्थशास्त्रियों एवं योजनाकारों हेतु यह एक आदर्श बन गया है।

बहुत सरलता से पेश किया गया जी.एन.एच (सकल राष्ट्रीय खुशी) इस धारणा पर आधारित है कि पदार्थों की समृद्धि मात्र ही प्रसन्नता नहीं ला सकती या लोगों का हालचाल और संतुष्टि सुनिश्चित नहीं कर सकती तथा आर्थिक विकास और आधुनिकीकरण लोगों के जीवन की गुणवत्ता या पारंपरिक मूल्यों की शर्त पर नहीं किया जा सकता।

सकल राष्ट्र प्रसन्नता को अर्जित करने हेतु कई नीति क्षेत्रों को प्राथमिकता दी गई। न्याय संगत सामाजिक-आर्थिक उन्नति के अंतर्गत समृद्धि को देश के हर एक क्षेत्र और समाज के हर अनुभाग में बाँटा जाता है। प्राचीन वातावरण के संरक्षण एवं सुरक्षा भूटान की अद्वितीय सांस्कृतिक विरासत का परिरक्षण

भारत में एक कार्यक्रम में भूटान नरेश के साथ तत्कालीन राष्ट्रपति श्रीमती प्रतिभा देवी सिंह पाटिल, राज्यपाल श्रीमती मार्गरेट आल्वा, पूर्व केंद्रीय मंत्री कमलनाथ एवं लेखक डॉ. रमेश पोखरियाल 'निशंक'

एवं संवर्द्धन और लोगों के लिए एक अच्छे उत्तरदायी शासन की उपलब्धता की व्यवस्था किया जाना, ये सभी वह सिद्धांत थे, जिनके द्वारा राजा की नीतियों को आगे बढ़ाया गया।

ग्रामीण विकास को उच्च प्राथमिकता दी गई है। स्वास्थ्य, रक्षा तथा सभी को शिक्षा की उपलब्धता दूर-दराज के गाँवों तक भी, सड़कों का निर्माण एवं संचार व्यवस्था, पशुधन एवं कृषि विकास की योजनाओं तथा उनसे जुड़े हुए उद्योगों का शुभारंभ तथा पारंपरिक हस्तशिल्प को बढ़ावा, इन सभी का एकमात्र लक्ष्य ग्रामीण आजीविका का सुधार और रोजगार के नए अवसर तैयार करना है।

□

भूटान में शिक्षा के नए आयाम

हिमालय क्षेत्र की विकराल चुनौतियों के विषय में सोचता हूँ तो मन में आता है कि चुनौतियों से संघर्ष करने हेतु हमें अपनी मानव संपदा पर ध्यान देना होगा। मानव संसाधन का विकास क्षेत्र के विकास के लिए अत्यंत महत्त्वपूर्ण है। किसी भी क्षेत्र में आगे बढ़ने हेतु कुशल श्रम शक्ति की आवश्यकता है। चाहे शिक्षा हो, ग्राम्य विकास हो, आधारभूत संरचना का विकास हो, स्वास्थ्य हो या फिर कृषि, सर्वत्र हमें योग्य लोगों की आवश्यकता पड़ती है। हमेशा बाहर की श्रम शक्ति पर निर्भरता नहीं रखी जा सकती। लोकसभा में विभिन्न मंचों पर, विदेशों में मैंने सदैव इस बात को पुरजोर तरीके से उठाया है कि पर्वतीय क्षेत्रों के विकास की अभिकल्पना तभी यथार्थ रूप

भूटानी बच्चे : हिमालयी सरलता और सौम्यता के प्रतीक

भूटान का प्राइवेट विद्यालय

ले सकती है, जब हम अपने लोगों को उनकी अभिरुचि के अनुसार विभिन्न क्षेत्रों में कौशल प्रशिक्षण देकर सक्षम बना सके।

मैं हमेशा से इस बात का समर्थक रहा हूँ कि पर्वतीय सीमावर्ती, पिछड़े, दुर्गम इलाकों की आवश्यकतानुसार कौशल विकास की योजना बननी चाहिए। मैं सदैव इस बात का पक्षधर रहा हूँ कि पर्वतीय क्षेत्रों में जो भी शिक्षा दी जाए, उसमें क्षेत्रीय आवश्यकता का ध्यान रखा जाए। हिमालय क्षेत्र की अपनी सीमाएँ हैं, यहाँ पर हमें पर्यावरण का ध्यान रखकर ही विकास करना होगा। प्राकृतिक छेड़छाड़ न के बराबर हो, इसके लिए हमें अपना मानस तैयार करना होगा। ऐसी स्थिति में हमें, आर्गेनिक कृषि, फ्लोरीकल्चर, कुटीर उद्योग, बागवानी, फल प्रसंस्करण, पर्वतीय कृषि, शहद उत्पादन, आर्गेनिक डेयरी, इको टूरिज्म, आध्यात्मिक पर्यटन तथा ऊनी उत्पाद आदि के द्वारा अपनी आर्थिकी मजबूत करनी होगी।

मुझे आपके साथ यह बात साझा करते हुए अत्यंत प्रसन्नता है कि भूटान ने इको टूरिज्म के क्षेत्र में महत्त्वपूर्ण कार्य किया है। इको टूरिज्म के क्षेत्र में 'वांगचुक पर्यावरण संरक्षण और शोध संस्थान' महत्त्वपूर्ण भूमिका निभा

रहा है। इस संस्थान में पर्यावरण संरक्षण एवं वानिकी के क्षेत्र में लोगों को प्रशिक्षण दिया जाता है। योग्य गाइडों को तैयार करने का कार्य भी इस संस्थान द्वारा बखूबी किया जाता है। भूटान में आर्गेनिक कृषि की अपार संभावनाएँ हैं। यह देश अगले कुछ वर्षों में सौ प्रतिशत आर्गेनिक बन सकता है और संपूर्ण विश्व के लिए एक उदाहरण प्रस्तुत कर सकता है। यह जाहिर बात है कि आर्गेनिक कृषि उत्पादन 20 प्रतिशत कम होता है, ऐसी स्थिति में विपणन की सुविधाएँ उपलब्ध करवाना अत्यंत महत्त्वपूर्ण हैं। अगर विपणन के लिए उचित बाजार मिल जाए तो भूटान के आर्गेनिक उत्पाद पूरी दुनिया में धूम मचा सकते हैं। आर्गेनिक उत्पादों की पूरे विश्व में माँग है और भारत इसके लिए काफी बड़ा बाजार है।

मैंने देखा कि भूटान में फल प्रसंस्करण की इकाइयाँ हैं। यहाँ पर गरम कपड़ों के छोटे-छोटे कुटीर उद्योग हैं। यहाँ वन पर आधारित उद्योग हैं तथा इको टूरिज्म करनेवाले लोग हैं, परंतु संभावना के अनुपात में काफी कम काम हो रहा है। मेरा मानना है और मैंने भूटान के प्रधानमंत्री से भी यही कहा कि हमारी नैसर्गिक सुंदरता के समक्ष यूरोप फेल है। मुझे लगता है कि हर क्षेत्र में समन्वित प्रयास की आवश्यकता है। उम्मीद की जानी चाहिए कि हिमालय से जुड़े सभी हितधारक एक मन से मानव संसाधन के विकास पर गंभीर मंथन करेंगे। यही कुछ सोचकर मैंने भूटान नरेश और वहाँ के प्रधानमंत्री से हिमालयी विश्वविद्यालय की चर्चा की।

पिछले दशक में भूटान ने काफी प्रगति की है, देश का पूरा ध्यान सामाजिक व आर्थिक विकास पर है। भूटान में नेशनल असेंबली के सदस्य एवं मंत्रिमंडल समझदार तथा परिपक्व लगता है। भूटान में पहला चुनाव साल 2008 में हुआ था। इससे पहले वहाँ राजा का ही शासन चलता था। इससे पहले चुनाव में केवल दो पार्टियों ने हिस्सा लिया था, भूटान पीस एंड प्रॉसपेरिटी पार्टी और पीपल्स डेमोक्रेटिक पार्टी। अब तक वहाँ दो बार चुनाव हो चुके हैं। भूटान के प्रधानमंत्री शेरिंग तोबगे भी कई बार भारत की यात्रा पर आ चुके हैं।

मुझे ली मेरिडियन थिंपू की होटल लॉबी की घटना याद आई, जब यूरोप के पर्यटक इस बात से हतप्रभ थे कि भूटान दुनिया का एकमात्र ऐसा देश है, जो जीवन स्तर को जी.डी.पी. नहीं, बल्कि 'ग्रॉस नेशनल हैप्पीनेस' यानी खुशी के स्तर से नापता है। ये कॉन्सेप्ट राजा जिग्मे सिंग्ये वांगचुक लेकर आए थे, ताकि भूटान को दुनिया का सबसे खुशीवाला देश बनाया जाए। मैंने उन्हें बताया कि भूटान में खुश रहनेवालों की संख्या भारत से भी ज्यादा है। यह देश अपनी संस्कृति को बचाने के लिए दुनिया से काफी समय तक कटा रहा। भूटान की सरकार देश में पर्यटन को बढ़ावा तो देती है, लेकिन उसके साथ ही उनकी संख्या को सीमित एवं नियंत्रित भी रखती है।

कई बार मुझे लगता है कि भूटान के लोग अपनी संस्कृति के ज्यादा निकट हैं, क्योंकि भूटान में इंटरनेट, टी.वी. और स्मार्टफोन को भी काफी समय बाद इजाजत दी गई। भूटान ने अपने हरे-भरे जंगलों को बचाने के लिए भी काफी कड़े कानून बनाए हुए हैं। जहाँ भारत आज भी प्लास्टिक थैलियों पर रोक नहीं लगा पा रहा है, वहीं भूटान में ये 1999 से ही प्रतिबंधित हैं। अपने जंगलों की रक्षा के लिए भूटान ने कानून बनाया है कि देश के 60 फीसदी हिस्से में जंगल होना चाहिए। भूटान दुनिया का पहला कार्बन नेगेटिव देश भी है। मतलब यह जितनी कार्बन डाइऑक्साइड बनाता है, उससे ज्यादा अवशोषित करता है। आज जबकि पूरा विश्व मौसम परिवर्तन की चुनौतियों से जूझ रहा है, ग्रीन हाउस गैसों के उत्सर्जन से परेशान है, ग्लेशियरों के पिघलने से लगातार जल स्तर बढ़ रहा है, ऐसे में यह विदित होना कि कोई देश कार्बन नेगेटिव है, यह अत्यंत सुखद अहसास है।

मैं इस बात का सदैव से पक्षधर रहा हूँ कि हिमालयी क्षेत्रों में शिक्षा तथा कौशल विकास प्रौद्योगिकी का प्रशिक्षण इस तरह होना चाहिए, ताकि स्थानीय लोगों को अपने घरों में जीवन यापन का एक सम्मानजनक साधन मिल सके। पहाड़ से नाता होने के कारण मैं यह अत्यंत विश्वास से कह सकता हूँ कि पहाड़ से पलायन मजबूरी के कारण होता है। अगर आवश्यकतानुसार रोजगारपरक प्रशिक्षण के आधार पर आजीविका का साधन मिल जाए तो

मौजूदा सम्राट् का राज्याभिषेक

हम अत्यंत सफल रहेंगे। इस दृष्टि में परंपरागत विज्ञान, कला महाविद्यालयों के स्थान पर कृषि विश्वविद्यालय, बहु-तकनीकी संस्थान तथा औद्योगिक प्रशिक्षण संस्थानों पर अधिक ध्यान केंद्रित किए जाने की आवश्यकता है। भूटान थिंपू पारो के आसपास ऐसे संस्थान हैं, पर इनकी पहुँच ठेठ ग्रामीण इलाकों तक करना जरूरी है।

भारत-भूटान के शैक्षिक रिश्ते

सूत्रों के अनुसार भूटान के एक-तिहाई से अधिक बच्चे उच्च शिक्षा के लिए भारत का रुख करते हैं। दोनों देशों के बीच उच्च शिक्षा का सहयोग हमें परस्पर नजदीक लाने का कार्य करता है। भारत में पाँच-छह हजार से अधिक बच्चे स्कूली शिक्षा ग्रहण कर रहे हैं, जिसमें हजार के करीब बच्चे छात्रवृत्ति के माध्यम से पढ़ाई कर रहे हैं। यह अत्यंत हर्ष का विषय है कि प्रधानमंत्री मोदी ने नेहरू-वांगचुक छात्रवृत्ति की संख्या दुगुनी करने की घोषणा की है।

मैंने महसूस किया है कि भारत और भूटान के शैक्षिक रिश्तों को और अधिक सुदृढ़ किए जाने की आवश्यकता है। देहरादून के कई विद्यालय

संचालकों से बात करने पर एक बात सामने आई कि भारत और भूटान के निजी कंसल्टेंट शिक्षा के इस व्यवसाय से जुड़े हैं। कई बार सरकारी नियंत्रण न होने के कारण शुल्क की एक बड़ी कठिनाई सामने आती है। महाविद्यालय अथवा विश्वविद्यालयों द्वारा अधिक शुल्क वसूलने या कंसल्टेंट द्वारा विद्यार्थियों के सम्मुख सारी बातें पारदर्शी तरीके से नहीं रखी जाने की शिकायतें अकसर सामने आती हैं। मेरा मानना है कि इस क्षेत्र में भारत और भूटान के दूतावास को ज्यादा सक्रिय भूमिका निभानी और विद्यार्थियों के सम्मुख एक पारदर्शी, ईमानदार, जवाबदेह व जिम्मेदार प्रवेश प्रक्रिया की व्यवस्था करनी चाहिए। यह इसलिए भी आवश्यक है, क्योंकि ये बच्चे कल का भविष्य हैं ये भारत व भविष्य के ब्रांड अंबेसेडर हैं, जो भारत के हितों का भूटान में निश्चित रूप से ध्यान रखेंगे।

भारत को चाहिए कि अधिक-से-अधिक बच्चों को भारत आने के लिए प्रोत्साहित करे, वहीं भूटान के बच्चों को भारत आना श्रेयस्कर इसलिए है, क्योंकि एक तो यह देश उनके लिए गुणवत्तापूर्ण शिक्षा की दृष्टि से श्रेष्ठ और खर्चे की दृष्टि से बेहद सस्ता है। इसके अतिरिक्त, विद्यार्थियों के लिए भारत का वातावरण सबसे अधिक अनुकूल है। देश में दोस्ताना व्यवहार और नजदीकी, भारत को आदर्श शैक्षिक केंद्र के रूप में स्थापित करता है। भूटान के रॉयल इंस्टीट्यूट ऑफ मैनेजमेंट के जिन विद्यार्थियों से मेरी मुलाकात हुई, उनमें से कई शीर्ष भारतीय शैक्षिक संस्थानों में से पढ़े थे। इनमें से कई बच्चे पूना, बैंगलोर, दिल्ली और कलकत्ता के शीर्ष संस्थानों के स्नातक थे। ये सभी बच्चे धारा प्रवाह हिंदी भाषा बोल रहे थे, जो मेरे लिए एक सुखद आश्चर्य था।

वर्ष 2008 में जब भूटान में राजतंत्र से प्रजातंत्र आया तो वहाँ के संविधान ने वहाँ के नेताओं को सकल राष्ट्रीय प्रसन्नता के चार स्तंभों पर कार्य करने का दिशा-निर्देश दिया। पहला, सुशासन, दूसरा, सतत सामाजिक व आर्थिक विकास, तीसरा सांस्कृतिक प्रचार-प्रसार और चौथा पर्यावरण का संरक्षण। जब फ्रांस के राष्ट्रपति निकोलस सरकोजी ने वर्ष 2008 में कहा

कि अगर उनकी चले तो वे आर्थिक मानकों के स्थान पर भूटान के विकास मानकों को प्राथमिकता देंगे।

भूटान विश्वविद्यालय के अधीन 11 महाविद्यालय हैं। इनमें कॉलेज ऑफ साइंस टैक्नालॉजी, गेइडू कॉलेज ऑफ बिजनेस, शेबत्सु कॉलेज, सामत्से कॉलेज ऑफ एजुकेशन, रॉयल इंस्टीट्यूट ऑफ हैल्थ साइंस, पारो कॉलेज ऑफ एजुकेशन, नेशनल इंस्टीट्यूट ऑफ ट्रेडीशनल मेडिसिन, जिग्मे नामुग्याल पॉलीटैक्निक इंस्टीट्यूट ऑफ लैंग्वेज एंड कल्चर तथा कॉलेज ऑफ नेचुरल रिर्सोसेज हैं। विदेशों की तर्ज पर भूटान में दो बार प्रवेश होता है। जनवरी-फरवरी और सितंबर-अक्तूबर में। अमेरिका में मार्च में एडमीशन को स्प्रिंग एडमीशन और अगस्त को फॉल एडमीशन कहते हैं। भूटान ने भी यही प्रक्रिया अपनाई है।

शिक्षा का ढाँचा

भूटान में यह बात जानकर बहुत प्रसन्नता हुई कि छोटा सा देश होने के बावजूद यहाँ पर शिक्षा और स्वास्थ्य को बहुत महत्त्व दिया जाता है। शिक्षा मंत्री के अधीन रॉयल एजुकेशन काउंसिल और भूटान काउंसिल फॉर स्कूल एग्जामिनेशन एंड एसेसमेंट कार्य करती है। शिक्षा सचिव, यूनेस्को की भूटान इकाई, नीति और नियोजन प्रभाग, ऑडिट डिवीजन से समन्वय स्थापित करते हुए चार विभागों के माध्यम से देश में शैक्षिक तंत्र को सफलतापूर्वक चलाते हैं। सर्वप्रथम स्कूल एजुकेशन, दूसरा उच्च शिक्षा, प्रौढ़ शिक्षा, तीसरा युवा और खेल विभाग और चौथा सेवा निदेशालय। यह उल्लेखनीय गुणवत्ता नियंत्रण के लिए विशेष प्रयास किया गया है। मैंने जैसे पहले भी बताया कि भूटान के लोग आसानी से अंग्रेजी बोल लेते हैं। यह शायद इसलिए कि उनकी शिक्षा का माध्यम अंग्रेजी है और देश में बड़ी संख्या में विदेशी पर्यटक आते हैं, जो अंग्रेजी बोलते हैं। जोगंया भाषा स्कूलों में पढ़ाई जाती है। भूटान के नेताओं से बातचीत में यह बात सामने आई कि बच्चे ज्यादा पश्चिम की चमक-दमक से प्रभावित हैं।

भूटान नरेश ने वर्ष 2009 में भूटान की शैक्षिक यात्रा के विषय में कहा था, पिछले कुछ दशकों में अगर भूटान देश की आश्चर्यजनक आधुनिकता की यात्रा को एक शब्द में समेटना हो तो वह है शिक्षा। उन्होंने कहा कि हमारे देश को एक मजबूत ब्यूरोक्रेसी की आवश्यकता है और यह ब्यूरोक्रेसी शिक्षा के माध्यम से ही आएगी। वर्ष 2015 में देश में 8605 अध्यापक थे, जिनमें से 5100 के करीब पुरुष एवं 3505 महिलाएँ थीं। देश के सभी शिक्षकों के पास स्नातक डिप्लोमा, मास्टर्स या पोस्ट ग्रेजुएट डिप्लोमा है।

अपनी यात्रा के दौरान मैं कई अध्यापकों से मिला और उनके बौद्धिक स्तर ने मुझे काफी प्रभावित किया। संसाधन आवंटन की बात की जाए तो 1961-66 की प्रथम पंचवर्षीय योजना में 9.4 मिलियन व्यय किए गए। 10वीं योजना में यह 10.3 मिलियन और 11वीं वित्तीय योजना में यह आँकड़ा 13.99 मिलियन रहा।

ऐसी स्थिति में भूटान की भाषा जोगंपा को स्कूल-कॉलेजों में इस आशय के साथ पढ़ाया जा रहा है कि बच्चे अपनी गौरवमयी संस्कृति के साथ ही अपने महान् देश के गौरवशाली अतीत से जुड़े रह सकें। कमोबेश यही स्थिति भारत में देखी जा सकती है, जहाँ पर हिंदी को छोड़कर बच्चों का रुझान दूसरी ओर हो रहा है। आज की तारीख में भूटान में 400 से अधिक शैक्षणिक संस्थान हैं, जबकि एक उच्च स्तरीय विश्वविद्यालय है। भूटान में साक्षरता दर 60 प्रतिशत से अधिक है और छह हजार से अधिक शिक्षक देश में काम कर रहे हैं। सबसे उत्साहजनक बात यह है कि भूटान में (इनरालमेंट)

दीक्षांत समारोह का दृश्य

प्रवेश प्रतिशत 90 प्रतिशत से अधिक है, जो कि इस हिमालयी राष्ट्र के लिए अच्छी बात है, क्योंकि यहाँ आधुनिक शिक्षा का आगमन सही ढंग से 1950 के पश्चात् ही हुआ है। इसका श्रेय मैं भूटान के नीति निर्माताओं, वहाँ के प्रशासकों तथा वहाँ के नेतृत्व को देना चाहूँगा, जिनके समर्पण के बिना यह कार्य बिल्कुल असंभव था। मुझे इस बात की प्रसन्नता है कि मौजूदा सम्राट् के नेतृत्व में देश के शैक्षिक वातावरण में बड़ा सुधार देखने को मिला है।

भूटान में अध्यापकों का सम्मान देखकर मुझे यूरोपीय देशों की याद आ गई, जहाँ अध्यापकों को भविष्य के समाज का निर्माता समझकर अत्यधिक सम्मान दिया जाता है। हाल ही में भूटान की राष्ट्रीय परिषद् ने भूटान की शिक्षा व्यवस्था में नए परिवर्तनों की सिफारिश की है। सरकार को संसाधन आवंटन के समय स्कूल में बच्चों की संख्या और भौगोलिकता का ध्यान रखे जाने की आवश्यकता है। सरकार का शैक्षणिक संस्थाओं के सतत आर्थिक निरंतरता के लिए कार्य करना आवश्यक है। न्यूनतम सुविधाओं का आवंटन करते समय यह ध्यान रखा जाना चाहिए कि लाभार्थी की आर्थिक स्थिति क्या है?

भूटान में शैक्षिक चुनौतियों पर विचार करते हुए मुझे अपने गृह राज्य उत्तराखंड की याद आ जाती है। सुदूरवर्ती क्षेत्रों में समुचित ढाँचागत अवस्थापना उपलब्ध कराना एवं उपयुक्त मानव संसाधन उपलब्ध कराना एक टेढ़ी खीर है। भूटान की चुनौतियों और कठिनाइयों को मैं अच्छी तरह समझ सकता हूँ, पर कुल मिलाकर एक बात से मैं अत्यंत प्रभावित हूँ कि सारी मुश्किलों के चलते भूटान ने शिक्षा का एक ऐसा मजबूत तंत्र स्थापित करने में सफलता पाई है, जो सभी हिमालयी क्षेत्रों में अपनी श्रेष्ठता के लिए जाना जाता है।

शिक्षा का मजबूत तंत्र

भूटान में 1950 के दशक तक मठ-आधारित शिक्षा प्रदान की जाती थी। दूसरे सम्राट् जिग्मे-सिग्मे वागंचुक ने भूटान में आधुनिक शिक्षा पद्धति की स्थापना की, जिसे मुख्यत: भारत से लिया गया है। भूटान के तृतीय सम्राट् ने देश में स्कूली शिक्षा के महत्त्व को समझा तथा तीसरे सम्राट् जिग्मे दोरजी

वांगचुक ने स्कूली शिक्षा का माध्यम अंग्रेजी बना दिया। यही कारण है कि साठ के दशक में स्कूलों में पढ़े लोगों को हिंदी का अच्छा ज्ञान है। भूटान में प्रारंभ में अधिकतर प्राइमरी विद्यालय थे। विद्यालयों में अध्यापक भारत से ही जाते थे। अध्यापकों की कमी के दृष्टिगत भूटान सरकार ने विदेशी मिशनरियों को देश में शिक्षा का जाल बिछाने के लिए आमंत्रित किया। बच्चों को छह साल की उम्र में स्कूल में दाखिल किया जाता है। विद्यालयी शिक्षा पूर्णतया निःशुल्क है। अगर इतिहास की बात करें तो पश्चिमी शिक्षा का भूटान में आगमन सम्राट् यूग्यन वांगचुक के वक्त हुआ था, जिनका शासनकाल 1907–26 तक रहा, लेकिन तब शिक्षा केवल दो निजी विद्यालयों, विश्वविद्यालयों तक सीमित रही। वर्ष 1950 के पश्चात् कई निजी विद्यालयों की स्थापना की गई। ये स्कूल या तो सरकार के सहयोग से खुले या फिर पूर्णतया निजी थे। 1950 के दशक के अंत तक 29 सरकारी विद्यालय और तीस निजी विद्यालय खोले गए। सेकेंडरी शिक्षा हेतु अधिकतर लोग भारत का रुख करते थे। इस दौरान 2500 बच्चे दाखिल रहे। वर्ष 1961–1966 की प्रथम विकास योजना के अंतर्गत 108 स्कूल एवं विद्यालय संचालित किए जा रहे थे, जिसमें 15000 बच्चे दाखिल थे। भूटान में शिक्षा 4 वर्ष से प्रारंभ होती है, जिसे प्री स्कूल कहा जाता है। इसके पश्चात् पाँच वर्ष की प्राइमरी, यानी प्राथमिक शिक्षा होती है। ग्यारवीं कक्षा पर राष्ट्रीय बोर्ड पूरे देश में शिक्षा में समान उत्कृष्टता बनाए रखने हेतु परीक्षा आयोजित करता है। पूरे देश में किताबों का प्रकाशन, पाठ्यक्रम का निर्धारण, परीक्षा आयोजन शिक्षा के क्षेत्र में प्रशिक्षण का आयोजन, अध्यापकों की परीक्षा का आयोजन होता है। उनकी पदोन्नति, अंतर विद्यालयी प्रतियोगिता का आयोजन, विदेशी सहायता से कार्यक्रम संचालन जैसे तमाम कार्य भूटान शिक्षा विभाग द्वारा किए जाते हैं।

भूटान सरकार प्रारंभ से ही पाठ्यक्रमों की उत्कृष्टता के प्रति चिंतित रही है। सरकार की गंभीरता इस बात से झलकती है कि पाठ्यक्रम निर्धारण में इग्लैंड के लंदन विश्वविद्यालय तथा भारत के दिल्ली विश्वविद्यालय की मदद ली गई।

भूटान विश्वविद्यालय

रॉयल भूटान विश्वविद्यालय की स्थापना 2 जून, 2003 को भूटान की शिक्षा संबंधी आवश्यकताएँ पूरी करने की दृष्टि से की गई। भूटान में उच्च शिक्षा से सामाजिक, आर्थिक एवं सांस्कृतिक विकास की अवधारणा को धरातल पर लाने हेतु एवं मानव संसाधन का समुचित विकास करने के लक्ष्य से स्थापित यह विश्वविद्यालय ग्रास नेशनल हेप्पीनेस के मूल्यों के प्रति पूर्णतया समर्पित है। इस विश्वविद्यालय में कई संकायों की शिक्षा और शोध की सुविधाएँ उपलब्ध हैं। यहाँ इंजीनियरिंग, डेयरी विज्ञान, वानिकी, कृषि, पशु विज्ञान, सूचना विज्ञान, शिक्षा शास्त्र, वाणिज्य, बिजनेस एडमिनिस्ट्रेशन, उद्यमिता विकास, जोंगका, अंग्रेजी, हिमालयी विज्ञान, भूटानी संस्कृति-साहित्य, सिविल इंजीनियरिंग, मैकेनिकल इंजीनियरिंग, परंपरागत औषधि, फिजिक्स, गणित, भूगोल आदि विषयों में शिक्षा प्रदान की जा रही है।

रॉयल थिंपू कॉलेज

रॉयल थिंपू कॉलेज भूटान का प्रतिष्ठित महाविद्यालय है, जहाँ कंप्यूटर एप्लीकेशन, पर्यावरण प्रबंधन, बिजनेस एडमिनिस्ट्रेशन, राजनीतिशास्त्र, सामाजिक विज्ञान, भूटानी भाषा जोंगका, जनसंपर्क एवं मास कम्यूनिकेशन, इतिहास आदि विषयों की शिक्षा प्रदान की जाती है। रॉयल थिंपू कॉलेज के

रॉयल थिंपू कॉलेज

विश्वविद्यालय कार्यक्रमों में परपंरागत नृत्य

संबंध में सबसे अच्छी बात मुझे यही लगी कि इस महाविद्यालय की विश्व के श्रेष्ठ शैक्षिक संस्थानों के साथ साझेदारी है, जिसमें अमेरिका का प्रतिष्ठित व्हीटन कॉलेज, टैक्सास ए. एंड एम., ए.पी.आई. टैक्सास, पिटचर कॉलेज क्लेरमाउंट, कैलिफोर्निया विश्वविद्यालय डेविस, ओकलाहोमा विश्वविद्यालय मिडल बरी संस्थान कैलिफोर्निया क्वेस्ट विश्वविद्यालय, ब्रिटिश कोलंबिया कैनेडा, स्विट्जरलैंड एच.डब्ल्यू.जैड. एवं जापान का सीइसा और क्योटो विश्वविद्यालय शामिल हैं।

भूटान के सर्वश्रेष्ठ कॉलेज में शुमार रॉयल थिंपू कॉलेज मैनेजमेंट यूनिवर्सिटी ऑफ भूटान से संबद्ध है। देखने में यह महाविद्यालय किसी भी अंतरराष्ट्रीय शैक्षणिक संस्थान जैसा लगता है। यहाँ के विद्यार्थी भूटान की प्रतियोगी परीक्षाओं में श्रेष्ठ स्थान हासिल करते हैं।

भूटान के शिक्षा नियामक द्वारा इसे 'ए प्लस' का ग्रेड देकर देश के श्रेष्ठ महाविद्यालय के रूप में मान्यता दी गई है। इस महाविद्यालय की सबसे अच्छी बात यह लगी कि लगभग 70 प्रतिशत शैक्षिक संकाय में से 30 प्रतिशत संकाय विदेशी हैं। लगभग 1000 विद्यार्थियों के साथ थिंपू की बगल में स्थित यह महाविद्यालय भूटान राष्ट्र के नव निर्माण में महत्त्वपूर्ण भूमिका निभा रहा है।

भूटान में विदेशी छात्राएँ एक्सचेंज प्रोग्राम में

विदेशों में भूटानी

भूटान छोटा सा हिमालयी देश है, परंतु आज के युग में अपने मानव संसाधन को विकसित करने के लिए पूर्णतया संकल्पबद्ध है। भूटान के अधिकतर बच्चे शिक्षा ग्रहण करने भारत आते हैं। पुणे, देहरादून, बैंगलौर, बनारस, दिल्ली जैसे शहरों में प्रतिष्ठित विद्यालयों में शिक्षा प्राप्त करनेवाले ये बच्चे अपने विद्यार्थी काल में अच्छी तरह से हिंदी सीख लेते हैं और भारतीय रीति-रिवाज व संस्कृति को भलीभाँति समझने लगते हैं। सही मायने में ये लोग भारत के ब्रांड अंबेसेडर हैं।

रॉयल इंस्टीट्यूट ऑफ मैनेजमेंट

रॉयल इंस्टीट्यूट ऑफ मैनेजमेंट भूटान का श्रेष्ठ प्रबंधन संस्थान है, जहाँ पर भूटान देश के सबसे अधिक प्रतिभाशाली बच्चे पढ़ते हैं। इस संस्थान

रॉयल इंस्टीट्यूट ऑफ मैनेजमेंट

में चार पाठ्यक्रम मुख्य रूप से चलाए जाते हैं। बिजनेस एडमिनिस्ट्रेशन में मास्टर्स डिग्री के अलावा यहाँ सार्वजनिक प्रशासन, वित्तीय प्रबंधन और राष्ट्रीय कानून में स्नातकोत्तर डिप्लोमा प्रदान किया जाता है। इस सबके अतिरिक्त इस संस्थान में कई और पाठयक्रम भी चलाए जा रहे हैं।

□

भारत-भूटान मित्रता : नए क्षितिज की तलाश

भूटान पूर्वी हिमालय में स्थित एक छोटा सा स्वतंत्र राष्ट्र है, जिसके साथ भारत का अनूठा रिश्ता है। इस देश के पश्चिम में भारत का सिक्किम प्रांत तथा दार्जिलिंग जिला और उत्तर तथा उत्तर-पूर्व में तिब्बत क्षेत्र है। भूटान के दक्षिण में भारत गणराज्य का असम प्रांत स्थित है। भूटान को देखकर मुझे लगा कि मैं उत्तराखंड की वादियों में घूम रहा हूँ। पूर्णतया पर्वतीय क्षेत्र में नदियाँ और नदियों के साथ ही सुरम्य घाटियों में लहलहाते खेत तथा बिखरे पड़े विशिष्ट भूटानी स्थापत्य के मकान बरबस मन मोह लेते हैं। भूटान का

भूटान नरेश का परिवार राष्ट्रपति कोविंद के परिवार के साथ

आपसी सहयोग पर चर्चा

क्षेत्रफल लगभग 18000 वर्ग मील और जनसंख्या साढ़े सात लाख है। बौद्ध धर्मावलंबियों का यह देश भूटिया जाति के लोगों से परिपूर्ण है। अगर देखा जाए तो भारत की प्रतिरक्षा में भूटान की सामरिक स्थिति अत्यंत महत्त्वपूर्ण है। भारत की उत्तरी प्रतिरक्षा व्यवस्था में भूटान को भेद्यांग (Achiles Heal) की संज्ञा दी गई है। यहाँ की गगनचुंबी सीमाएँ केवल 80 मील की दूरी पर स्थित हैं। चीन की विस्तारवादी नीतियों के दृष्टिगत भूटान में सुरक्षा का अत्यंत महत्त्व है। भूटान की सुरक्षा को जरा खतरा भारत के पूर्वोत्तर क्षेत्र को हमसे काट सकता है। सिलीगुड़ी कोरिडोर के इस क्षेत्र को 'चिकन नैक' कहकर भी संबोधित किया जाता है। चीन ने भूटान और तिब्बत की सीमा को सदैव से विवादास्पद माना है। यह भारत के सामरिक हित में है कि भूटान, तिब्बत सीमा पर किसी प्रकार का तनाव न बने। सिलीगुड़ी कोरिडोर पश्चिम बंगाल राज्य में स्थित 22 किमी. चौड़ा है। सामरिक रूप से यह एक महत्त्वपूर्ण भूखंड है, जो भारत को उत्तर-पूर्व से जोड़ता है। नेपाल और बँगलादेश सीमा के आर-पार है।

भारत की पहल पर भूटान ने संयुक्त राष्ट्र के सदस्य के रूप में विश्व को अपनी पहचान से अवगत कराया है। वह दौर निर्गुट आंदोलन का समय था। सोवियत संघ और अमेरिका के खेमों में बँटे देश पूरे विश्व की शांति के लिए खतरा थे। ऐसे में भारत के प्रभाव में भूटान ने गुटनिरपेक्ष आंदोलन को मजबूती प्रदान करते हुए वर्ष 1973 में उसकी सदस्यता ग्रहण की। वर्ष 1977 में भूटान के दूतावास का दर्जा बढ़ाया गया। दक्षिणी एशियाई क्षेत्रीय सम्मेलन के देशों में भूटान की प्रभावशाली भूमिका रही है। भूटान के नरेश जिग्मे वांगचुक द्वारा देश को लोकतांत्रिक देश के रूप में स्थापित करते हुए 24 मार्च, 2008 में नेशनल असेंबली का चुनाव करवाया गया।

यह माना जाता है कि भूटान के अधिकतर लोग तिब्बत क्षेत्र के खामा प्रांत से यहाँ पर आकर बस गए थे। इसलिए इनकी तिब्बत के लोगों से हर प्रकार की निकटता देखी जा सकती है।

भारत का भूटान से आधिकारिक संबंध 1865 में प्रारंभ हुआ, जब दोनों देशों के मध्य सिनचुला संधि पर सहमति बनी। भारत की ओर से ब्रिटिश सरकार ने इस संबंध संधि को स्वीकार किया। उसके उपरांत 1910 में पुनरवा संधि द्वारा संबंधों को सुदृढ़ किया गया। 1949 में भूटान सरकार ने स्वतंत्र

भूटान नरेश का परिवार विदेश मंत्री सुषमा स्वराज के साथ

भारत-भूटान मित्रता का सर्वोत्कृष्ट उदाहरण भारतीय सेना और भूटानी सेना का सहयोग

भारत की सरकार के साथ एक नई संधि की। भारत की ब्रिटिश सरकार ने भूटान के मामलों में जो हस्तक्षेप न करने की नीति प्रारंभ की थी, भारत ने उसे आगे बढ़ाया। संधि के माध्यम से इस बात का वचन दिया गया है कि भारत भूटान के आंतरिक मामलों में हस्तक्षेप नहीं करेगा। दोनों देशों ने चिरस्थायी शांति और मित्रता सुनिश्चित करने का आश्वासन दिया। 1949 की संधि के अनुच्छेद 2 में कहा गया है कि भूटान सरकार विदेशी मामलों में भारत की सरकार की सलाह को मार्गदर्शक के रूप में मानने के लिए सहमत है। तत्कालीन प्रधानमंत्री श्रीमती इंदिरा गांधी ने भूटान के आधारभूत विकास में गहरी रुचि ली। इसी दौरान भारत ने 1000 किमी. लंबी सड़क का निर्माण भारतीय सीमा संगठन द्वारा किया। भूटान के नए नरेश जिग्मे सिंग्ये खेसर नामग्याल वांगचुक फरवरी 2007 में 6 दिन की भारत की यात्रा पर आए। नरेश के रूप में पहली बार कार्यभार ग्रहण करने के पश्चात् उनकी पहली भारत यात्रा थी। इस दौरान उन्होंने नई संधि पर हस्ताक्षर किए। इस नई संधि ने 57 वर्ष पूर्व 8 अगस्त, 1949 को दार्जिलिंग में हस्ताक्षरित मैत्री का स्थान लिया। सबसे महत्त्वपूर्ण बात यह हुई कि इस संधि के पश्चात् भारत-भूटान के

संबंधों में भारत की भूमिका मार्गदर्शक की बजाय एक सहयोगी राष्ट्र की हो गई। अनुच्छेद 6 में किए गए संशोधन से भूटान को यह सुविधा मिल गई है कि वह और घातक सैन्य उपकरणों का आयात कर सकता है।

सगे भाइयों जैसा रिश्ता

भारत-भूटान का रिश्ता दो सगे भाइयों के जैसा है। एक अग्रज के रूप में भारत ने भूटान में कृषि, सिंचाई, सड़क परियोजना, जल-विद्युत् परियोजना, शिक्षा, रक्षा, स्वास्थ्य, सीमेंट, पर्यटन आदि लगभग हर एक क्षेत्र में सहयोग किया है। चाहे वह सचिवालय निर्माण की बात हो या पुराने मठों या विहारों के जीर्णोद्धार की बात हो, भारत ने बढ़-चढ़कर भूटान की मदद की है। भारत और भूटान के मधुर संबंधों का मॉडल विश्व में अपने ढंग का अनूठा मॉडल है। मैं कई बार सोचता हूँ कि दोनों देशों में कोई भी समानता नहीं है। हमारी जनसंख्या, हमारा क्षेत्रफल, हमारी प्राथमिकताएँ सर्वथा भिन्न हैं, लेकिन सह-अस्तित्व और चिरस्थायी मित्रता के चलते आज दोनों देश 7 प्रतिशत से अधिक आर्थिक विकास दर से समृद्धि की ओर अग्रसर हैं। दोनों देश परस्पर मित्रता, विश्वास के सूत्र में बँधकर वैश्विक मंचों पर एक-दूसरे का खुला सहयोग कर आपसी संबंधों को मजबूती प्रदान करते हैं।

वायु मार्गों के सशक्तीकरण हेतु भारत द्वारा भूटान में कई हेलीपैडों का निर्माण किया गया है। पारो शहर और थिंपू शहर के विकास में भारत ने अपना योगदान जारी रखा और भूटान में विद्यालयों, अस्पतालों का निर्माण किया है। भारत के सहयोग से 1970 में भूटान ने संयुक्त राष्ट्र संघ की सदस्यता के लिए प्रतिवेदन किया और 1971 में भूटान ने विधिवत् सदस्यता ग्रहण की।

भूटान के साथ संबंधों में एक बात देखने को मिली कि दिल्ली में कोई भी सरकार रही हो, उसने भूटान से मित्रता की नीति को जारी ही नहीं रखा, बल्कि उसे और आगे बढ़ाया है। मुझे स्मरण आता है कि विदेश मंत्री के रूप में श्री अटल बिहारी वाजपेयीजी ने विदेशी व्यापार के संबंध में धारा तीन की कठिनाइयों को दूर किया। भूटान को राजदूतावास खोलने की इजाजत भी

प्रदान की गई। भूतपूर्व प्रधानमंत्री श्री अटल बिहारी वाजपेयी ने दावा किया था कि भारत भूटान के संबंध अत्यंत उत्तम हैं, जहाँ छोटी-मोटी दिक्कतों को दूर कर लिया जाता है।

यहाँ पर यह बात उल्लेखनीय है कि प्रधानमंत्री श्री नरेंद्र मोदीजी ने प्रधानमंत्री के रूप में पहली बार भूटान को विदेश यात्रा के लिए चुना। प्रधानमंत्री श्री नरेंद्र मोदीजी की इस बात के लिए प्रशंसा हुई है कि उन्होंने सभी सार्क देशों के राष्ट्राध्यक्षों को अपने शपथ ग्रहण समारोह में बुलाया। भूटान में प्रधानमंत्री नरेंद्र मोदी का अभूतपूर्व स्वागत हुआ। हवाई अड्डे से थिंपू के लगभग 50 किमी. के रास्ते में लोगों का उत्साह देखते ही बनता था। इस दौरान प्रधानमंत्री श्री मोदी की भूटान के प्रधानमंत्री शेरिंग तोबगे तथा विपक्ष की नेता डॉ. मेमा ग्याम्तशो से अत्यंत सार्थक और सौहार्दपूर्ण वार्त्ता हुई। प्रधानमंत्री मोदी ने वहाँ पर संसद् के संयुक्त सत्र को भी संबोधित किया और 600 मेगावाट की कोलोम्छु जल विद्युत् परियोजना की नींव रखी। प्रधानमंत्री मोदी ने वहाँ के उच्चतम न्यायालय के भवन का उद्घाटन भी किया।

आर्थिक क्षेत्र में भारत ने भूटान की कृषि, सिंचाई, सड़क परियोजनाओं में निरंतर सहयोग दिया है। जिन प्रमुख परियोजनाओं में भारत भूटान की सहायता कर रहा है, उनमें प्रमुख हैं—चुक्ख हाईडल परियोजना और पैनडेना सीमेंट संयंत्र। भारत ने पैनडेना में सीमेंट कारखाना खोलने के लिए सहायता दी है। भारत ने भूटान के सचिवालय के निर्माण और पुराने मठों के जीर्णोद्धार के लिए भी आर्थिक सहायता प्रदान की है।

पूर्ण रूप से भारत की सहायता से निर्मित 50 किलोवाट के भूटान प्रसारण केंद्र का मार्च 1991 में उद्घाटन और जून, 1991 में 336 मेगावाट की चुक्ख जल परियोजना को भूटान को समर्पित किया गया, जिनसे भूटान को आधे से अधिक आय प्राप्त होती है। इन दोनों परियोजनाओं को भूटान को सौंपना दोनों देशों के बीच बढ़ते हुए आर्थिक और तकनीकी सहयोग का उदाहरण है। इसके अलावा भारत से सहायता प्राप्त संगम पुल नाम की एक अन्य परियोजना का जून, 1991 में उद्घाटन किया गया था। सितंबर, 1991

में भूटान नरेश की भारत यात्रा के दौरान दोनों देशों के बीच एक नए वायु सेवा करार पर हस्ताक्षर किए गए।

भारत ने भूटान के छात्रों को माध्यमिक एवं उच्चतर शिक्षा तथा विभिन्न क्षेत्रों में प्रशिक्षण के अवसर प्रदान करना जारी रखा है। लगभग 100 भूटानी विद्यार्थी भारत सरकार की परियोजनाओं और कोलंबो योजना के अंतर्गत छात्रवृत्तियाँ प्राप्त कर रहे हैं।

भूटान की 7वीं पंचवर्षीय योजना (1992–97) जुलाई, 1992 में प्रारंभ हुई थी, जिसके लिए भारत ने कुल मिलाकर 750 करोड़ रुपए सहायता के रूप में दिए थे। इसके पश्चात् आठवीं पंचवर्षीय योजना के क्रियान्वयन (1997–2002) में भारत सरकार ने वचनबद्धता के रूप में 900 करोड़ रुपए अनुमोदित किए।

इस कुल वचनबद्धता में से 500 करोड़ रुपए परियोजनाबद्ध सहायता के लिए और शेष 400 करोड़ रुपए भूटान के लिए विकास हेतु राजसहायता के रूप में प्रदान किए गए। भूटान में भारत की सहायता से चल रही पिछली परियोजनाओं से प्राप्त राजस्व में बढ़ोत्तरी की वजह से पंचवर्षीय योजनाओं में प्रतिशतता के हिसाब से भारत के योगदान में अपेक्षाकृत कमी आई है। भूटान नरेश जुलाई, 2006 में 6 दिवसीय दौरे पर भारत आए और 29 जुलाई को तत्कालीन प्रधानमंत्री डॉ. मनमोहन सिंह ने भूटान नरेश जिग्मे वांग्चुक से क्षेत्रीय और द्विपक्षीय मसलों पर बातचीत की।

भूटान ने जल–विद्युत् और व्यापार क्षेत्र से जुड़े मसलों पर भारत के साथ तीन समझौतों पर हस्ताक्षर किए। इन समझौतों के तहत भारत 2020 तक भूटान से न्यूनतम 2000 मेगावाट बिजली का आयात करेगा। दोनों देशों ने व्यापार व्यवसाय एवं पारगमन से संबंधित एक नए समझौते पर 28 जुलाई को हस्ताक्षर किए। यह समझौता 28 फरवरी, 1995 को हुए व्यापार एवं वाणिज्य समझौते के स्थान पर लागू होगा।

तत्कालीन महामहिम राष्ट्रपति श्रीमती प्रतिभा देवी सिंह पाटिल ने विदेश मंत्री और यू.पी.ए. की अध्यक्षा के साथ भूटान की शाही सरकार के आमंत्रण पर

5 से 8 नवंबर, 2008 को भूटान का दौरा किया और भूटान नरेश जिग्मे खेसर नामग्याल वांगचुक के औपचारिक राज्याभिषेक कार्यक्रम में हिस्सा लिया।

अप्रैल 2008 में भूटान में लोकतांत्रिक संवैधानिक राजतंत्र बनने के बाद डॉ. मनमोहन सिंह ने 16-17 मई, 2008 को पहले विदेशी प्रतिनिधि के रूप में भूटान की यात्रा की और पनबिजली क्षेत्र में द्विपक्षीय सहयोग को सघन करने के संबंध में सकारात्मक चर्चा की। उन्होंने यह घोषणा भी की कि भारत सरकार अगले पाँच वर्षों के दौरान 10000 करोड़ रुपए की आर्थिक मदद देगी, जिसका उपयोग भूटान की 10वीं पंचवर्षीय योजना में भारत सरकार की सहायता और पनबिजली एवं अवसंरचना की बड़ी परियोजनाओं को विकसित करने के लिए भी किया जाएगा।

भूटान में पनबिजली विकास पर अधिकारप्राप्त संयुक्त दल की पहली बैठक 17 मार्च, 2009 को नई दिल्ली में आयोजित की गई और उसमें भूटान में 10000 मेगावाट पनबिजली के विकास से संबंधित मुद्‍दों पर चर्चा की गई।

16वें सार्क शिखर सम्मेलन में 30 अप्रैल, 2010 में डॉ. मनमोहन सिंह की भूटान नरेश जिग्मे खेसर नामग्याल के साथ द्विपक्षीय संबंधों पर चर्चा हुई। छिपेन रिगपेल अर्थात् टोटल साल्यूशन नाम की जिस आई.टी. परियोजना का उद्‍घाटन डॉ. मनमोहन सिंह ने 30 अप्रैल, 2010 को थिंपू में किया था,

भूटान नरेश प्रधानमंत्री नरेंद्र मोदी का स्वागत करते हुए

प्रधानमंत्री श्री नरेंद्र मोदी का भूटान में संबोधन

उससे भूटान की 7.08 लाख जनसंख्या में से आधी जनसंख्या अगले 5 वर्षों में कंप्यूटर साक्षर होगी।

भूटान में भारत के सहयोग से दो अन्य जल-विद्युत् परियोजनाओं नामतः मांगदेछू परियोजना तथा पुनदसांगहू-2 परियोजना की भी आधारशिला रखी गई। इन परियोजनाओं की कुल क्षमता 1710 मेगावाट होगी तथा इनसे उत्पादित विद्युत् का अधिकांश भाग भारत को ही निर्यात किया जाएगा। इन परियोजनाओं की कुल लागत का 70 प्रतिशत भाग ऋण के रूप में तथा शेष 30 प्रतिशत अनुदान के रूप में भारत द्वारा उपलब्ध कराया जाएगा।

भारत सबसे बड़ा भागीदार

भारत, भूटान का सबसे बड़ा व्यापारिक तथा विकास योजनाओं का भागीदार बना है। भूटान की 11वीं पंचवर्षीय योजना के लिए 4500 करोड़ रुपए की भारत सरकार की प्रतिबद्धता के अंतर्गत विमुक्तियाँ समय पर वितरित की जाती रही हैं, जिसके लिए प्रधानमंत्री श्री शिरिंग तोबगे ने नवंबर, 2014 में प्रधानमंत्री श्री नरेंद्र मोदीजी से अपनी मुलाकात के समय उन्हें धन्यवाद दिया।

भारत सरकार तीन जल विद्युत् परियोजनाओं—पुनातसांग्छू (1200 मेगावाट), पुनातसांग्छू-2 (1020 मेगावाट) तथा मांगदेछू (720 मेगावाट)

के निर्माण में भूटान की सहायता कर रही है, जिसकी 2018 में पूर्ण हो जाने की पूरी संभावना है।

इससे पहले 22 अप्रैल, 2014 को भारत ने भूटान के साथ चार उद्यम जल विद्युत् परियोजनाओं पर अंतर-सरकारी करार और भूटान में 600 मेगावाट कालान्छु जल-विद्युत् परियोजना के कार्यान्वयन पर हस्ताक्षर किए।

कुल मिलाकर देखा जाए तो भारत भूटान के लिए अत्यंत सहयोगी है और उससे भी अधिक महत्त्वपूर्ण भूटान भारत के लिए है। भूटान की सामरिक अवस्थिति का कई राष्ट्र लाभ उठाना चाहते हैं। चाहे वह चीन हो, पूर्व सोवियत संघ से जुड़े राष्ट्र हों, यूरोप हो या फिर कोई अन्य क्यों न हो, इसलिए भारत के लिए अपनी सुरक्षा भी एक चुनौती है। भूटान एक सार्वभौम राष्ट्र है, जिसकी अपनी प्राथमिकताएँ हैं। दोनों देशों को आपस में मिल-बैठकर चिरस्थायी मित्रता के संकल्प को जीवित रखते हुए साझा रणनीति बनानी होगी। चाहे सार्क हो, संयुक्त राष्ट्र हो या फिर बंगाल की खाड़ी से जुड़े देशों का संगठन हो, सभी जगह भारत-भूटान के निकट संबंधों की झलक

शाही दंपती के साथ प्रधानमंत्री श्री मोदी

देखने को मिलती है। भूटान से लौटते वक्त भूटान के विदेश मंत्री से हमारी बात हो रही थी, उन्होंने कहा कि हमारे रिश्ते अत्यंत मजबूत हैं।

हाँ कई बार आपसी सहयोग के मार्ग में ब्योरोक्रेटिक हर्डल्स, यानी कि अधिकारी संबंधी दिक्कतों का सामना करना पड़ा है, परंतु दोनों देशों के रिश्ते इतने परिपक्व हैं कि वे किसी भी चुनौती से निपट सकने में सक्षम हैं। भूटान से अपने गहरे रिश्तों का अंदाजा हम इस बात से लगा सकते हैं कि प्रधानमंत्री बनने के पश्चात् नरेंद्र मोदी ने अपनी पहली विदेश यात्रा के लिए भूटान को चयनित किया।

भारतीय प्रधानमंत्री ने अपनी पहली विदेश यात्रा में भूटान में कहा, "हमारे पासपोर्ट का रंग भिन्न हो सकता है, परंतु हमारी सोच समान है। भारत भूटान की खुशहाली एवं प्रगति के लिए प्रतिबद्ध है। भूटान हमेशा नई दिल्ली के लिए प्राथमिकता बना रहेगा।" शांति, सुरक्षा, पर्यावरण संरक्षण-संवर्धन, द्विपक्षीय संबंधों में और निकटता पर जोर देते भारतीय प्रधानमंत्री ने कहा कि "गौरवपूर्ण पारंपरिक संबंधों के दृष्टिगत भारत और भूटान एक-दूसरे के लिए

भारतीय सहयोग से बने सुप्रीम कोर्ट का उद्घाटन

बने हैं।" प्रधानमंत्री मोदी ने 'वी फॉर वी' के बारे में बताते हुए कहा कि "इसका अर्थ भारत के लिए भूटान और भूटान के लिए भारत है।"

मुझे स्मरण है कि तत्कालीन राष्ट्रपति प्रणब मुखर्जी ने अपनी भूटान यात्रा से पूर्व पत्रकारों से बातचीत करते हुए कहा कि उन्हें भूटान के राजपरिवार से व्यक्तिगत रिश्ते रखने का सौभाग्य प्राप्त है। भूटान और भारत के मध्य गहरे रिश्तों की चर्चा करते हुए प्रणब मुखर्जी ने कहा था कि हमारा भूटान से ऐसा रिश्ता है, जिसकी किसी दूसरे से तुलना नहीं की जा सकती, भूटान भारत के लिए विशेष है।

भारत-भूटान के संबंध में सबसे महत्त्वपूर्ण यह है कि हम बिना किसी स्वार्थ, बिना शर्त के मित्रता के सूत्र में बँधे हैं। हमारी संस्कृति साझा है, हमारी सुरक्षा साझा है। संसाधनों का विकास करने की कवायद साझी है और अपने अनुभव और विशेषज्ञता साझा करने की भावना हमें एक-दूसरे के नजदीक लाने में सक्षम हुई है। इतिहास इस बात का साक्षी है कि भूटान की आधारभूत संरचना विकसित करने का प्रश्न हो, चाहे वह पाँच वर्षीय योजनाओं के माध्यम से विकास की इबारत लिखने की बात हो, भूटान-भारत कंधे से कंधा मिलाकर समान उद्देश्यों के प्रति समर्पित हैं।

भूटान के प्रधानमंत्री से मुलाकात के अवसर पर मैंने महसूस किया कि प्रधानमंत्री मोदी और प्रधानमंत्री तोबगे की कैमिस्ट्री काफी अच्छी है। दोनों नेता एक-दूसरे को भलीभाँति समझते हैं और दोनों भारत-भूटान के सामरिक रणनीतिक संबंधों को नई ऊँचाइयों तक ले जाने के लिए प्रतिबद्ध हैं। भूटान और भारत एक-दूसरे के महत्त्व को भलीभाँति समझते हैं। भूटान जानता है कि समृद्ध, शक्तिशाली, संपन्न भारत, भूटान की स्वतंत्रता, संप्रभुता और खुशहाली के लिए अत्यंत आवश्यक है। ठीक इसी प्रकार भारत की एकता, अखंडता और संप्रभुता को अक्षुण्ण रखने में सामरिक रूप से भूटान की विशेष महत्त्वपूर्ण भूमिका है।

□

जल-विद्युत् परियोजनाएँ : भारत-भूटान रिश्तों की मजबूत धुरी

भारत-भूटान के रिश्ते कई मायनों में विलक्षण हैं। शायद ही दुनिया के अन्य कोई देश होंगे, जो आपसी रिश्तों में इतना विश्वास, इतनी घनिष्ठता रखते हों। हम सबको याद होगा कि 2014 में प्रधानमंत्री श्री नरेंद्र मोदीजी ने जब पहली विदेश यात्रा का चुनाव किया तो भूटान उनका पहला गंतव्य बना। जनसंख्या और आकार में इतनी विषमता के बावजूद परस्पर विश्वास और सहयोग अन्यत्र देखने को नहीं मिलता है। भूटान और भारत के संबंधों को एक नई दिशा तब मिली, जब 1960 में भूटान नियोजित विकास की राह पर अग्रसर हुआ। तब से लेकर भारत भूटान को सदैव पंचवर्षीय योजनाओं में मदद करता आया है। जहाँ तक जल-विद्युत् परियोजनाओं की बात की जाए, ये भारत-भूटान के आपसी घनिष्ठ संबंधों का महत्त्वपूर्ण स्तंभ

जल-विद्युत् सहयोग के लिए प्रतिबद्धता

हवाई अड्डे पर जलपान

साबित हुई हैं। दोनों देशों के लिए यह अलग-अलग परिस्थितियाँ हैं। जहाँ भारत को आर्थिक, औद्योगिक शक्ति के रूप में स्थापित होने के लिए अनवरत ऊर्जा की आवश्यकता है, वहीं भूटान ऊर्जा के निर्यात से अपनी आर्थिक स्थिति सुदृढ़ कर सकता है। मेरा यह मानना है कि जल-विद्युत् परियोजना में आपसी सहयोग से भारत-भूटान के संबंध दीर्घकालिक और अधिक सुदृढ़ होंगे। सबसे उत्तम बात यह है कि जल-विद्युत् ऊर्जा, गैर परंपरागत ऊर्जा का स्रोत होने से भूटान के पर्यावरण संरक्षण के विचार से मेल खाता है।

वर्ष 2014 में प्रधानमंत्री श्री नरेंद्र मोदी ने भूटान में 600 मेगावाट की खोलोगंचू परियोजना का शिलान्यास किया, तो हमारे आपसी सहयोग का अध्याय लिखा। इस परियोजना का निर्माण सतलुज जल-विद्युत् निगम के साथ डक पावर कॉरपोरेशन लि. कर रहा है। भारत के सहयोग से भूटान की तीन मुख्य परियोजनाएँ पहले ही स्थापित हो गई हैं।

वर्ष 2018-19 में पुनातसांगचू (1200 मेगावाट), पुरातसांगजू 2 (1020 मेगावाट), मागडेचू (720 मेगावाट) परियोजनाओं के पूरे होने की उम्मीद है। जल-विद्युत् परियोजनाएँ भूटान की जी.डी.पी. का मुख्य हिस्सा हैं और भूटान के सकल विदेशी निर्यात का 40 प्रतिशत हैं। वर्ष 2014 में दोनों देशों के मध्य एक इंटर गवर्नमेंट सहमति-पत्र पर हस्ताक्षर हुए, जिससे दोनों

देशों के मध्य जल-विद्युत् परियोजना में संयुक्त उपक्रम स्थापित करने में मदद मिलेगी। भारत और भूटान जल-विद्युत् परियोजनाओं में सहयोग कर जहाँ पर्यावरण संरक्षण-संवर्द्धन में महत्त्वपूर्ण भूमिका निभा रहे हैं, वहीं ऊर्जा आवश्यकता पूरी कर राष्ट्र निर्माण में महत्त्वपूर्ण भूमिका निभा रहे हैं।

भारत भूटान के मध्य पनबिजली परियोजना का क्रम वर्ष 1987 में प्रारंभ हुआ था, जब 336 मेगावाट चुक्खा जल-विद्युत् परियोजना को प्रारंभ किया गया। मुझे याद है कि 60 प्रतिशत अनुदान और 40 प्रतिशत कर्ज पर आधारित इस परियोजना का उद्घाटन तत्कालीन राष्ट्रपति श्री वेंकट रमनजी के हाथों से हुआ था। उसके पश्चात् 1020 मेगावाट का तल हाइड्रोइलेक्ट्रिक प्रोजेक्ट 60 प्रतिशत अनुदान और 40 प्रतिशत कर्ज भारत सरकार द्वारा भूटान को योजना हेतु दिया गया। भूटान के सकल घरेलू उत्पाद का 25 प्रतिशत जल-विद्युत् परियोजनाओं के माध्यम से आता है।

भूटान जाने पर पता चला कि खोलोगचू जल-विद्युत् परियोजना, जो कि संयुक्त उपक्रम के माध्यम से चल रही है, हमारे दोनों देशों के मध्य जल-विद्युत् के क्षेत्र में दीर्घकालिक आपसी सहयोग स्थापित करने में महत्त्वपूर्ण भूमिका निभाएगी। यह प्रोजेक्ट आनेवाली योजनाओं के लिए एक फ्रेमवर्क का कार्य करेगा, ऐसा मेरा मानना है। अधिकारियों से बात करने पर पता चला कि 4672 करोड़ रुपए की लागत से बनाई जा रही मांगदेचू परियोजना जून 2018 में पूरी होगी। 720 मेगावाट की यह परियोजना भारत-भूटान रिश्तों में एक नया अध्याय लिखेगी।

वर्ष 2020 तक भूटान में 10 हजार मेगावाट बिजली उत्पादित करने का लक्ष्य है, जिसमें से भूटान की सरप्लस बिजली को भारत द्वारा क्रय किया जाएगा। पिछले कुछ वर्षों में भारत और भूटान के मध्य जल-विद्युत् परियोजना पर कई प्रकार के सवाल उठाए गए हैं। सर्वप्रथम लोग पर्यावरण के प्रति आशंकित हैं, क्योंकि लोगों का मानना है कि बड़े क्षेत्रभाग का वन इससे प्रभावित होता है। इसके अतिरिक्त विस्थापन की समस्या का सामना करना पड़ता है। एक अन्य महत्त्वपूर्ण विषय यह भी उठा कि धीरे-धीरे प्रति

यूनिट बिजली की दर काफी कम हो रही है, ऐसी स्थिति में बड़े प्रोजेक्टों की व्यावहारिकता पर प्रश्नचिह्न उठता है। सवाल इस बात का है कि ये बड़े-बड़े प्रोजेक्ट क्या आज की परिस्थितियों में आवश्यक हैं।

अकसर पर्यावरण से संबंधित कई गैर-सरकारी संगठन भी इस दिशा में आवाज उठाना शुरू करते हैं। मैं ऐसी प्रतिक्रिया को काफी हद तक हिमालय से जुड़े क्षेत्रों में पनबिजली योजनाओं के निर्माण के समय देख चुका हूँ। मुझे लगता है आनेवाले समय में हम व्यावहारिकता देखकर छोटी परियोजना को अंजाम दे सकते हैं।

जल-विद्युत् परियोजना का विरोध करनेवाले लोगों का तर्क है कि इन योजनाओं से जलीय पारिस्थितिकी को बड़ी क्षति होती है। एक बड़ा भू-भाग इससे प्रभावित होता है, जिससे विस्थापन की समस्या की विकरालता देखने को मिलती है। जैव विविधता को जल-विद्युत् परियोजना से बड़ा नुकसान होता है। कुछ लोगों का मानना है कि जल-विद्युत् परियोजना में एक बड़ा निवेश होता है। भूकंप, प्राकृतिक आपदा सूखे के दौरान विद्युत् उत्पादन पर गहरा असर पड़ता है। बड़े-बड़े जल-विद्युत् बांधों की सुरक्षा एक महत्त्वपूर्ण

भारतीय सहयोग से बनी चुक्खा जल-विद्युत् परियोजना

भूटान-भारत व बँगलादेश द्वारा संयुक्त जल-विद्युत् योजना

चिंता है। पर्यावरणविद् यह भी मानते हैं कि धारा की अविरलता से छेड़छाड़ से पूरा इकोसिस्टम प्रभावित होता है। सक्षम निगरानी अगर पूरी सूझ-बूझ के साथ कार्य करे तो जल-विद्युत् निगम कम लागत पर बिजली उपलब्ध कराता है तथा पर्यावरण संरक्षण-संवर्द्धन की दिशा में महत्त्वपूर्ण भूमिका निभा सकता है। इस बात को हम इस प्रकार समझ सकते हैं कि ऊर्जा उत्पादन का परंपरागत गैस या ताप आधारित ऊर्जा, प्रदूषण का एक बड़ा स्रोत है। इसमें भूमि के उपयोग, पानी के उपयोग और अन्य संसाधनों के उपयोग की जल-विद्युत् से तुलना की जाए तो जल-विद्युत् लाभप्रद है। भूटान संपूर्ण विश्व में पर्यावरण संरक्षण के लिए अपनी प्रतिबद्धता हेतु जाना जाता है। ऐसे में जल-विद्युत् परियोजनाएँ राष्ट्र की मनोवृत्ति के बेहद अनुरूप हैं।

भूटान की तरह भारत में भी पिछले कुछ समय से पर्यावरण से जुड़े कुछ संगठनों द्वारा जल-विद्युत् उत्पादन के क्षेत्र द्वारा उत्पन्न पर्यावरणीय चुनौतियों पर नए सिरे से विचार किया जा रहा है। मुझे लगता है ऐसी सूरत में न्यायालय, सरकार, पर्यावरणविद्, नीति निर्माताओं, ऊर्जा विशेषज्ञों, सामाजिक संगठनों एवं सामुदायिक नेतृत्व को आपसी समन्वय बिठाकर बीच

का रास्ता निकालना चाहिए। मेरे गृह राज्य उत्तराखंड में हजारों करोड़ की अवस्थापना इसलिए बेकार पड़ती है, क्योंकि प्रोजेक्टों का काफी काम हो जाने के पश्चात् पर्यावरण से जुड़े सवाल उठाए गए। ऐसी स्थिति में प्रश्न यह उठता है कि क्या पूर्व में दी गई पर्यावरणीय स्वीकृतियाँ बेकार हैं। कुछ संस्थाओं का मानना है कि प्रौद्योगिकी में हुए विकास के पश्चात् एक नया मूल्यांकन आवश्यक है, परंतु विज्ञान और प्रौद्योगिकी का विकास तो एक सतत प्रक्रिया है। कहीं-न-कहीं तो हमें लकीर खींचनी पड़ेगी, अन्यथा सीमित संसाधनों से युक्त हमारे हिमालय का विकास अवरुद्ध हो जाएगा।

वर्ष 2010 में अपने मुख्यमंत्रित्व काल में हिमालयी राज्यों के मुख्यमंत्रियों के कोन्क्लेव में मैंने यह बात अत्यंत मजबूती से रखी थी। मैंने इस बात पर जोर दिया था कि स्थानीय युवाओं को इस क्षेत्र से जोड़ा जाए। पहाड़ी क्षेत्र में कौशल विकास की संभावनाएँ काफी सीमित होती हैं। ऐसी स्थिति में जल-विद्युत् परियोजनाओं में पहाड़ी युवकों को रोजगार मिल सकता है। मेरा मानना तो यह है कि हाइड्रोपावर इंजीनियरिंग में नामी कंपनियों के साथ प्रशिक्षण उपलब्ध कराकर डिप्लोमा डिग्री कार्यक्रम शुरू किए जा सकते हैं। हमने ऐसा एक प्रयोग टी.एच.डी.सी. के साथ टिहरी में किया है, जहाँ पर सामाजिक सहायता निधि से एक महाविद्यालय का निर्माण किया गया है। मुझे लगता है कि भूटान में भी हाइड्रोपावर इंजीनियरिंग का उत्कृष्ट संस्थान इन कंपनियों

मठ में आध्यात्मिक विकास के साथ-साथ जल-विद्युत् परियोजना

भूटानी प्रधानमंत्री और प्रधानमंत्री नरेंद्र मोदी की जल-विद्युत् योजनाओं में भागीदारी

के सहयोग से खोला जा सकता है। मैंने हिमालयी विश्वविद्यालय की स्थापना करने के लिए भूटान सरकार से आग्रह किया है, इसका मुख्य लक्ष्य पर्वतीय क्षेत्रों से जुड़ी विधाओं में रोजगारपरक शिक्षा प्रदान करना है।

मैंने बार-बार लोकसभा के माध्यम से या विभिन्न मंचों पर इस बात को उठाया है कि छोटे-छोटे जल-विद्युत् प्रोजेक्ट लगाए जाने चाहिए और स्थानीय पंचायतों, ग्राम परिषदों या स्वयंसेवी संगठनों के माध्यम से इन संस्थानों को चलाना चाहिए। जन सहभागिता किसी भी क्षेत्र के विकास के लिए मूल मंत्र है। विशेषकर हिमालय का विकास, वहाँ के मानव संसाधन को साथ लेकर ही किया जा सकता है।

मुझे इस बात की अत्यंत प्रसन्नता है कि 1961 से भारत-भूटान आपसी सहयोग की जो कहानी शुरू हुई थी, जिसमें भारत ने महज 10 करोड़ रुपए से पंचवर्षीय योजनाओं में सहयोग सुनिश्चित किया था, आज 500 करोड़ से ऊपर हो गई है। मुझे यह जानकर प्रसन्नता हुई है कि सरकार बड़े प्रोजेक्टों में निवेशक बनने को तैयार है। यह जरूर है कि सरकार तभी निवेश में साझीदार

बनेगी, जब कोई नई प्रौद्योगिकी भूटान में लाई जा रही हो या फिर वहाँ आर्थिक गतिविधियों को बढ़ाने हेतु उद्योग महत्त्वपूर्ण भूमिका निभाने में सफल हों। मेरा मानना है कि माइक्रो, मिनी हाइडल प्रोजेक्ट के लिए कई भारतीय निवेशक आकर्षित किए जा सकते हैं, क्योंकि आज भी भूटान में जल-विद्युत् की व्यापक संभावना है। कुछ भी हो, भारत-भूटान के संबंधों की मजबूत धुरी के रूप में हमारी संयुक्त जल-विद्युत् परियोजनाएँ हमारे राष्ट्रों को और नजदीक लाने में महत्त्वपूर्ण कार्य कर रही हैं। ब्राजील, अल्बानिया, पेराग्वे, आस्ट्रिया, तजाकिस्तान जैसे देश जल-विद्युत् से न केवल अपनी आवश्यकता पूरी करते हैं, बल्कि सरप्लस ऊर्जा से लाभ अर्जित करते हैं। 25000 मेगावाट की जल-विद्युत् संभावना वाला भूटान आनेवाले वर्षों में ऊर्जा उत्पादन का मुख्य केंद्र बनेगा। जल-विद्युत् परियोजना के माध्यम से भूटान की समृद्धि के लिए भारत प्रतिबद्ध है। भारत का आर्थिक जगत् में शक्ति के रूप में उभरना दोनों देशों की ढाँचागत अवस्थापना को मजबूत करने के लिए शुभ संकेत के रूप में देखा जा सकता है।

□

खुशियों के देश में पर्यटन

भारत की पूर्वोत्तर सीमा से लगा भूटान अपनी प्राकृतिक मनमोहक छटा और बौद्ध संस्कृति की अद्‌भुत विशेषताओं को समेटे बेहद मनमोहक देश है। दिलचस्प बात यह है कि भारतीयों के लिए यहाँ की यात्रा सुलभ और सस्ती है। एक तो यहाँ पर जाने के लिए वीजा नहीं लगता है, दूसरा यहाँ आप हिंदी बोलकर काम चला सकते हैं। यहाँ पर रुपया चलने से काफी सहूलियत रहती है, चूँकि भारतीय और भूटानी मुद्रा का समान मूल्य है तो आपके होटल एवं अन्य सुविधाएँ कम खर्च में मिल जाती हैं।

भूटान संसार के उन कुछ देशों में से है, जिसने खुद के लिए शेष संसार से अपना अलग ही रास्ता चुन रखा है और आज भी काफी हद तक यहाँ

प्रसन्नचित्त भूटानी बच्चे पर्यटकों का आकर्षण

विदेशियों का प्रवेश नियंत्रित है। देश के ज्यादातर लोग छोटे-छोटे गाँव में रहते हैं और पूरी तरह से खेती पर ही निर्भर हैं। शहरीकरण धीरे-धीरे यहाँ पर अपने पाँव जमा रहा है। बौद्ध विहार यहाँ की जिंदगी का अहम् हिस्सा है। यहाँ का राष्ट्रीय खेल तीरंदाजी है। यहाँ पर विदेशियों को प्रतिदिन 250 डॉलर व्यय करने पड़ते हैं, जिसके कारण कुछ ही विदेशी लोग भूटान आ सकते हैं। भूटान में ज्यादातर लोग यहीं के मूल निवासी हैं, जिनको गांलोप कहा जाता है। इनका निकट संबंध तिब्बत की कुछ प्रजातियों से है। इसके अलावा, यहाँ पर ज्यादातर प्रजातियाँ नेपाली हैं और इनका संबंध नेपाल राज्य से है।

यहाँ की आधिकारिक भाषा जोडखा है, इसके साथ ही यहाँ पर कई अन्य भाषाएँ भी बोली जाती हैं, जिनमें से कुछ भाषाएँ विलुप्त होने के कगार पर हैं।

मुझे भूटान नरेश ने बताया कि भूटान में आधिकारिक धर्म बौद्ध धर्म की महायान शाखा है, जिसका अनुपालन देश की लगभग तीन-चौथाई जनता करती है। भूटान की 24 प्रतिशत जनसंख्या हिंदू धर्म की अनुयायी है। भूटान के हिंदूधर्मी नेपाली मूल के लोग हैं, जिन्हें ल्होछमपा भी कहा जाता है। भूटान नरेश ने बताया कि उनके देश द्वारा अपनाया गया बौद्ध धर्म हिंदू पूजा पद्धति के काफी करीब है।

पारो शहर

जब आप भूटान की यात्रा करेंगे तो सबसे पहले पारो एयरपोर्ट पर हवाई जहाज लैंड होते ही ऐसा महसूस होता है कि समय के हिसाब से जैसे हम 50 साल पीछे आ गए हैं। भूटान का छोटा सा हवाई अड्डा, एक मठ ज्यादा प्रतीत होता है। भूटान में खासतौर से देखनेवाली बात यह है कि यहाँ पर राजा और रानी के सिवाय किसी और के कोई होर्डिंग्स नहीं हैं। आश्चर्य की बात है कि यहाँ एक भी ऐसा स्थान नहीं है, जहाँ वस्तुओं को खरीदने की अपील करने हेतु कोई विज्ञापन हो। भूटान में दो बड़े शहर हैं, पारो और राजधानी थिंपू। दोनों में से पारो ज्यादा सुकून वाला शहर है। वर्ष 2012 की जनगणना

के मुताबिक भूटान की जनसंख्या 7 लाख पचास हजार के आसपास थी।

पारो शहर हरियाली से भरपूर है और चारों तरफ ऊँची-ऊँची पहाड़ियों से घिरी घाटियाँ हैं। यहाँ मठों को जोंग कहा जाता है और प्रत्येक नगर में अपना एक जोंग होता है। इनमें सबसे मशहूर पारो टाइगर नेस्ट है। 3210 मीटर की ऊँचाई पर स्थित यह स्थान पारो घाटी से 900 मीटर ऊपर है। यह एक खड़ी चट्टान के शीर्ष पर स्थित दुर्गम स्थान है। यह सैलानियों के लिए पैदल यात्रा की पसंदीदा जगह है।

पारो में एक छोटा सा बाजार भी है, जहाँ पर लोकल और खूबसूरत वस्तुओं की खरीददारी की जा सकती है। भूटान की यादगार वस्तुओं में लैमनग्रास ऑइल बहुत मशहूर है।

थिंपू में देर रात तक चहल-पहल रहती है, सिर्फ बुधवार, शुक्रवार और शनिवार को बाजार देर तक खुलते हैं। मंगलवार को भूटान में ड्राई-डे रहता है। यहाँ पर सैलानियों के लिए कई आकर्षण हैं, जैसे सिमतोखा जोंग, बुद्ध केंद्र और छोटा चिड़ियाघर, जहाँ पर आप भूटान का राष्ट्रीय पशु ताकिन देख सकते हैं।

भूटान देश पहाड़ियों पर या नदियों के किनारे बने आकर्षक जोंग के साथ बौद्ध लोक संस्कृति से समृद्ध है। यहाँ के लोग बहुत ही सभ्य और

'टाकिन' भूटान का राष्ट्रीय जानवर

भूटान का बाघ

मृदुभाषी हैं। भारत-भूटान के अच्छे संबंध हैं, जो भारतीय पर्यटकों के लिए सौभाग्य की बात है। अधिकांश विदेशी पर्यटकों को भूटान में घूमने के लिए प्रति रात प्रति व्यक्ति 250 डॉलर चुकाने होते हैं, इसलिए केवल संपन्न और गंभीर पर्यटक ही भूटान आते हैं, जो यहाँ की संस्कृति और प्रकृति का आनंद लेना चाहते हैं, लेकिन भारतीय पर्यटकों के लिए ऐसी कोई शर्त नहीं है। भारत के टेलीविजन चैनल भूटान में काफी लोकप्रिय हैं, इसलिए यहाँ पर काफी लोग हिंदी बोलते हैं। यहाँ के स्कूलों में अंग्रेजी भी पढ़ाई जाती है, जिससे भारतीय पर्यटकों को संवाद में आसानी होती है।

भूटान में सिर्फ राष्ट्रीय विमान सेवा के तौर पर दुक एयर के विमान ही जाते थे, पर अब यहाँ पर भूटान एयरलाइंस भी चलती है। यहाँ की यात्रा का सस्ता प्लान भी बनाया जा सकता है। टूर एंड ट्रेवल एजेंसियाँ भूटान जाने के लिए कई आकर्षक पैकेज की पेशकश करती हैं। यहाँ पर सिक्किम से सड़क मार्ग से भी जा सकते हैं। इसके लिए आप पासपोर्ट या वोटर आई.डी. कार्ड का इस्तेमाल कर सकते हैं। पारो और थिंपू में होटल तथा खाना-पीना तरह-तरह के बजट में उपलब्ध है। जैसे मैंने पहले बताया, भारतीय रुपए

जिग्मे डोरजे राष्ट्रीय पार्क

यहाँ आसानी से स्वीकार्य हैं। भारतीय व्यंजन यहाँ पर आसानी से उपलब्ध हैं। स्थानीय स्वाद में इमा दात्सी खाकर देखें। यह मिर्च और पनीर से बनती है। दात्सी से मुझे अपने उत्तराखंड के आलू के झोल की याद आ गई। पहाड़ी मसालों से परिपूर्ण यहाँ का भोजन स्वादिष्ट और पौष्टिक होता है।

रात की निर्जनता में भी भूटान अत्यंत खूबसूरत दिखता है। प्राकृतिक सुरम्यता और शांति के दिव्य वातावरण के सुंदर संगम की अनुभूति पल-पल प्रकृति के नैसर्गिक सौंदर्य में खो जाने को प्रेरित करती है। पारो का छोटा सा साफ-सुथरा बाजार, यहाँ की पर्वत शृंखलाएँ दिव्य अनुभूति प्रदान करते हैं। प्रकृति के आँगन में बैठकर आप शुद्ध ताजा हवा के साथ असीम शांति का अनुभव करते हैं। प्रकृति का मनोरम दृश्य मन-चित्त को आल्हादित करता है।

यहाँ पर किले की तरह दिखाई देनेवाला चंडड़घा ल्हाखंग मंदिर भी है। हमें बताया गया कि यहाँ पर नियमित रूप से लोग आते हैं। हमारे प्रोटोकॉल अधिकारी ने बताया कि 12वीं शताब्दी में तिब्बत के रालुंग से फाजों ड्रुगोम शिगपो नामक लामा ने इसे धार्मिक स्थल के रूप में चुना और यहाँ पर इस मंदिर की स्थापना हुई। बहुत से लोग अपने बच्चों के साथ यहाँ आते हैं। सुंदर-सुंदर प्यारे गोल-मटोल बच्चों को देखकर सर्वत्र मातृत्व उमड़ता नजर आता है। सभी लोग प्रार्थना कर रहे थे और दिल से दुआएँ निकाल रहे थे।

कई बार मन हुआ बच्चों के साथ फोटो खिंचवा लें, पर न हम उनकी भाषा समझ पा रहे थे, न वे हमारी।

पारो संग्रहालय

पारो संग्रहालय जाते समय थिंपू और पारो-चू के संगम के पास थे। तीनों तरफ से घाटियों से घिरा, बीचोबीच हरे-भरे जंगल, उसके मध्य बहती नदी का नयनाभिराम दृश्य सबको अपनी ओर आकर्षित करता है।

भूटान के राष्ट्रीय सांस्कृतिक संग्रहालय में जब पहुँचे तो एक आत्मिक सुकून सा मिला। संस्कृति के प्रति भूटान का समर्पण अद्वितीय है। सांस्कृतिक विरासत को सहेजे हुए 3000 से भी ज्यादा भूटानी कला के बेहतरीन नमूने, मठ और मूर्तियाँ भूटान की संस्कृति तथा जीवनशैली के बेहतरीन नमूने यहाँ देखे जा सकते हैं। ग्रामीण परिवेशों की कलाकृतियों के अलावा, ग्रामीण परंपरा, आदर्शों, कौशलों का संरक्षण करता यह संग्रहालय अपनी ललित कला, पेंटिंग, वस्त्र, आभूषण, हस्तशिल्प, टिकट एवं बुद्ध के धार्मिक स्कूल

पारो संग्रहालय

की झलक संग्रहालय में देखकर मन अत्यंत प्रभावित हुआ। 7वीं सदी में तिब्बत के राजा सोङ्गत्सेन गेंपा द्वारा बनवाए गए, क्यीचू ल्हाखांग मंदिर को देखा जा सकता है। लोगों से पता चला कि यह सबसे पुराने मंदिरों में से एक है। भूटान में सबसे पहले यहीं से बौद्ध धर्म की शुरुआत हुई थी। इस जगह को आध्यात्मिक खजानों का भंडार माना जाता है। तीरकमान हाथ में लिये तारा देवी, गुरु रिंपोचे, साथ ही अंदर सातवीं सदी के शाक्यमुनि की भव्य मूर्ति सबकुछ आश्चर्य सा प्रतीत हो रहा था। प्रतिमाएँ मन को मुग्ध कर रही थीं। बाहर देखा तो संतरे के दो बड़े पेड़ हैं, जिनमें पूरे साल फल आते हैं।

भूटान का दिल थिंपू

यदि भूटान के किसी निवासी के साथ आपकी मुलाकात हुई है और उनकी कही बातों को आप समझ नहीं पा रहे हैं तो चौंक मत जाइएगा, क्योंकि यहाँ के निवासी डजोगका भाषा में आपके साथ बातचीत कर रहे हैं। भूटान विश्व के एक अद्‌भुत देश के नाम से जाना जाता है, क्यों? इसका रहस्य बहुत ही आश्चर्यजनक है। क्या कभी आपने किसी ट्रैफिक पुलिस को अपने

थिंपू शहर का विहंगम दृश्य

पारंपरिक नृत्य के द्वारा चलते हुए ट्रैफिक को गाइड करते देखा है। शायद यही एक खासियत है, क्योंकि इस शहर में कोई ट्रैफिक लाइट नहीं है। इसके बावजूद बड़ी आसानी से ट्रैफिक चलता है।

पारंपरिक बुद्धिस्ट मुहरें तथा डिजाइनवाले निवास भवनों पर अंकित हैं। इस शहर के चारों ओर हरियाली छाई हुई है। जंगलों एवं पहाड़ों के मध्य में शहर के निवासी यहाँ पर खुशहाल जीवन जी रहे हैं। नोर्जिन लाम में प्रमुख रास्ते, दुकानें, रेस्टोरेंट, रिटेल आर्केड एवं अन्य सार्वजनिक इमारतें स्थित हैं। थिंपू में मुझे अनेक लोग पारंपरिक माला लिये हुए मिले। पूरी तन्मयता से ईश्वर के ध्यान में लगे लोग आँखें बंद कर प्रार्थना में लीन, वातावरण में एक चिरस्थायी शांति को घोलते नजर आते हैं। इतनी शांति, अध्यात्म के वातावरण को शब्दों में बयान करना कठिन है।

थिंपू में मेमोरियल कोर्टन स्टूपा 1974 में राजा जिग्मे दोरजी वांगचुक की स्मृति में बनवाया गया था, जो चित्रकला तथा छवि इस स्मारक में दिखती है, वह बौद्ध तत्त्वज्ञान से जुड़ी हुई है।

टेशिछो डजोग, जो कि 1960 में पूर्ण रूप से निर्माण किया गया था, यहाँ के प्रमुख सचिवालय भवन हैं। पहले संन्यासी की एक टुकड़ी यहाँ पर रहती थी। ये भवन थिंपू त्योहार के दौरान दर्शकों के लिए खुले रहते हैं।

मुझे मेरे प्रोटोकॉल अधिकारी ने बताया कि यदि आप यहाँ के इतिहास को जानना चाहते हैं तो यहाँ के प्रसिद्ध नेशनल पुस्तकालय में अवश्य जाएँ। वहाँ पर हजारों पांडुलिपियाँ एवं पौराणिक पुस्तकें हैं। भूटान का इतिहास प्राचीन पुस्तकों में कैद है।

सबसे अच्छी बात यह है कि नेपाल के अलावा भूटान ही ऐसा पड़ोसी देश है, जहाँ पर जाने के लिए भारतीय नागरिकों को पासपोर्ट एवं वीजा की जरूरत नहीं पड़ती है। भारतीय नागरिकता के सबूत के लिए हमारा वोटर कार्ड ही मान्य है। इसके आधार पर भूटान का इमिग्रेशन डिपार्टमेंट परमिट जारी कर देता है।

सीमित संख्या में ही पर्यटन

भूटान बेशक एक छोटा देश है, लेकिन वहाँ पर महँगी गाड़ियों की कमी नहीं है। लोग पूरी तरह से आधुनिकता के रंग में नजर आते हैं, जबकि बताया जाता है कि इस देश में टेलीविजन का आगमन 1999 में हुआ था। स्मोकिंग पर तो आज भी पूरे देश में पाबंदी है। यहाँ की सरकार ने ऐसे कई नियम बनाए हैं, जिनसे भूटान की सांस्कृतिक पहचान के साथ देश का प्राकृतिक संतुलन भी बना रहे। शायद यही कारण है कि एक नीति के अनुसार अभी तक हर साल एक संख्या विशेष तक ही विदेशी पर्यटकों को वहाँ घूमने की इजाजत दी जाती है। वह भी तब, जबकि पर्यटन इस देश की आय का एक बड़ा स्रोत है। पारो नाम के शहर में भूटान का एकमात्र व्यावसायिक एयरपोर्ट है। यह विकसित शहर एक खूबसूरत खुली घाटी में बसा हुआ है। होटलों और रेजार्ट्स में लगभग सभी तरह की आधुनिक सुविधाएँ मिल जाती हैं, लेकिन आधुनिकता के रंग में रँगने के बावजूद इस देश की हर एक इमारत से भूटानी लोगों का अपनी परंपरा और संस्कृति के प्रति प्रेम झलकता है।

पूरे भूटान की इमारतों और सड़कों में एकरूपता है। इमारतों की साज-सज्जा पारंपरिक तौर-तरीकों से एक जैसे चटख रंगों से की गई है। सभी की ऊँचाई और डिजाइन एक जैसे हैं। सड़कें खुली-खुली और चौड़ी हैं। पारंपरिक ढंग से बनी इमारतों के सामने सलीके से खड़ी एसयूवी कारें, इस शहर की शोभा को और अधिक बढ़ा देती हैं। फुटपाथ भारत की अपेक्षा बहुत खुले-खुले हैं, जिन पर घूमते हुए शॉपिंग करने का अपना अलग ही मजा है। भूटान का लगभग 65 प्रतिशत क्षेत्र जंगलों से घिरा हुआ है। यह देश अपने लिए विकास का पैमाना लोगों की खुशी को मानता है। टिकाऊ और सार्थक विकास के लिए इस मॉडल को दुनिया के कुछ और हिस्सों में भी अपनाया जाने लगा है। प्राकृतिक संपदा, कला-संस्कृति और परंपरा को सहेजकर विकास करना भूटान से सीखा जा सकता है। इस देश की यात्रा के बाद लगता है कि हमें सार्थक विकास की परिभाषा पर अब गंभीरतापूर्वक विचार करना चाहिए।

यदि आप दिल्ली या मुंबई के निवासी हैं तो थिंपू आपको चौंका सकता

है। यहाँ कार चालक पैदल यात्रियों को बड़ी विनम्रता से निकल जाने के लिए रास्ता दे देते हैं। यहाँ पर कोई ट्रैफिक सिग्नल नहीं है। भूटान का यातायात सुसज्जित और कुशल प्रशिक्षित ट्रैफिक पुलिस द्वारा नियंत्रित किया जाता है। मुंबई–दिल्ली की तरह यहाँ न तो एक बंपर से दूसरे बंपर तक गाड़ियों की कतारें लगती हैं और न ही लंबा जाम लगता है। खुशी की बात है कि यहाँ रात में भी चहलकदमी करना सुरक्षित है। यहाँ शायद ही डकैती, चोरी की कोई वारदात होती हो।

हमारे लिए तीरंदाजी का मैदान देखना भी रोमांचक अहसास था। शहर के बीचोबीच लगा घंटाघर देखने लायक है। एक और आकर्षण यहाँ का साप्ताहिक बाजार है। यहाँ से आप यादगार चीजें और हस्तशिल्प खरीद सकते हैं।

पुनाखा

पुनाखा अत्यंत लोकप्रिय पर्यटन स्थल है। पुनाखा जाने का सुझाव मुझे प्रधानमंत्री की जनसंपर्क सलाहकार ने दिया। उन्होंने कहा कि आप

पुनाखा पर्यटन का महत्त्वपूर्ण केंद्र

पुनाखा जरूर जाइए। पुनाखा के लिए हम अगली सुबह रवाना हुए। थिंपू के गरमीवाले वातावरण से निकलकर हमारी कार हवादार और घुमावदार सड़क से होते हुए दोचुला दर्रे में आकर रुकी। यह दर्रा अपने शानदार 108 गुंबदों के लिए मशहूर है और बर्फ से ढकी हिमालय की घाटी का अद्‌भुत नजारा पेश करता है। वहाँ से हम खुरुथांग पहुँच सकते हैं, जहाँ ज्यादातर बौद्ध अनुयायी ही रहते हैं। खूबसूरत पुनाखा जोंग की यात्रा भी मन को अत्यंत सुकून देती है। यह जोंग एक नदी से घिरा है और सबसे बड़े और सबसे खूबसूरत जोंगों में से एक है। भूटान के किलों में मनोहारी तसवीरें यहाँ की मुद्रा में भी अंकित हैं, शायद यही वजह है कि आप भूटान को जोंग का देश भी कह सकते हैं।

भूटान के रास्ते पर

बौद्ध धर्म से जुड़ी हुईं कुछ जगहों ने बचपन से ही ध्यान खींचा है। एक अनोखी दुनिया, जिनके साथ रहस्य, कहानियाँ और अनेक किवदंतियाँ जुड़ी

सीमा पर पारंपरिक स्वागत द्वार

हैं, जहाँ मठों में बौद्ध भिक्षु रहते हैं, असीम शक्तियों के साथ कोई उड़ सकता है, तो कोई पानी पर चल सकता है तो कोई पलक झपकते ही गायब हो सकता है। ऐसी कहानियों से एक रहस्य भरी दुनिया का प्रभाव काफी समय से ही मेरे मन-मस्तिष्क में बन गया है।

इन तीन जगहों में से एक है धर्मशाला, दूसरा, तिब्बत और तीसरा है, भूटान। तब से अब तक जीवन में कई परिवर्तन आ चुके हैं, परंतु इन स्थानों के लिए आकर्षण बना रहा। देहरादून में भी बड़े-बड़े बौद्ध विहार हैं, जहाँ मैं अकसर जाया करता हूँ। दिल्ली से जब भूटान प्रस्थान कर रहे थे तो मेरे सहयोगी डॉ. राजेश नैथानी ने तीन विकल्प सुझाए। एक था हम वाया काठमांडू जाएँ, दूसरा हम वाया बागडोगरा होते हुए सड़क मार्ग से या फिर तीसरा पारो सीधे हवाई मार्ग से पहुँचा जाए। समय की कमी को देखते हुए हमने सीधी पारो की उड़ान चुनी, पर अगर आपके पास समय हो प्रकृति का आनंद लेना चाहते हैं तो आप बागडोगरा तक हवाई जहाज और फिर वहाँ से सड़क मार्ग के जरिए भूटान पहुँच सकते हैं। बागडोगरा से सड़क मार्ग से आप बिना किसी दिक्कत के थिंपू और पारो जा सकते हैं। मैं हमेशा से पहाड़ों में सड़क मार्ग से घूमने का पक्षधर रहा हूँ, ऐसा करने से आप जहाँ एक ओर नैसर्गिक सौंदर्य का आनंद ले सकते हैं, वहीं स्थानीय लोगों से मिलकर उनकी संस्कृति, खान-पान, उनके रीति-रिवाज की जानकारी ले सकते हैं। साथ ही मनमोहक स्थानों पर संपूर्ण जीवन के लिए यादें सँजोने हेतु आप फोटोग्राफी कर सकते हैं।

बागडोगरा से फुनशलिंग करीब 170 किमी. दूर है। सड़क के रास्ते भारत से भूटान जाने के लिए सबसे अच्छा रास्ता यही है। भारत के निवासियों को भूटान जाने के लिए किसी तरह के वीजा की जरूरत नहीं पड़ती है, लेकिन आपको एक परमिट जरूर बनवाना होता है। अगर आपने पहले से परमिट नहीं बनवाया है तो यह काम फुनशलिंग पहुँचकर किया जा सकता है।

बागडोगरा हवाई अड्डे से बाहर निकलकर आप अगर बाहर जाएँगे तो आपको यह साधारण शहर सा दिखेगा, परंतु सामरिक रूप से देखा जाए

तो यह हवाई अड्डा हमारे लिए अत्यंत महत्त्वपूर्ण है, जहाँ यह हवाई अड्डा चीनी सीमा के अत्यंत निकट है, वही नेपाल-भूटान के साथ संपर्क माध्यम के अलावा उत्तर-पूर्व क्षेत्र में हमारे हितों की रक्षा करता है।

द्वार या डूअर्स

पश्चिम बंगाल भौगोलिक विषमता से परिपूर्ण राज्य है। एक तरफ बड़े मैदान, सागर तो दूसरी ओर हिमालय की गगनचुंबी पर्वत शृंखला राज्य की सुंदरता को चार चाँद लगा देते हैं। पश्चिम बंगाल के इस इलाके को द्वार या 'डूअर्स' के नाम से भी जाना जाता है। दरअसल भूटान, सिक्किम और दार्जिलिंग जैसी ऊँची पहाड़ी जगहों तक जाने का रास्ता यहीं से होकर जाता है, इसलिए इसे द्वार (दरवाजा) कहा जाने लगा। मुझे लगता है अंग्रेजों के आने के बाद द्वार से 'डोर' और आखिर में यह 'डूअर्स' हो गया।

दार्जिलिंग से लगता 'डूअर्स' का इलाका अपने चाय बागानों के लिए दुनिया भर में प्रसिद्ध है। यहाँ पर रास्ते में दोनों तरफ बड़े-बड़े चाय के बागान दिखाई देते हैं। बागानों में अपने रंग-बिरंगे परिधानों में काम करते मजदूर तन्मयता से चाय की पत्तियाँ तोड़ते नजर आते हैं। चाय के ढलानदार बागान, हरे-भरे जंगल और नदियों से भरे डूअर्स के इलाके को पर्यटकों के बीच लोकप्रिय बनाने के लिए सरकार भी भरपूर कोशिश कर रही है। इस इलाके से वापस जाने का आपका मन नहीं करता और ऐसा लगता है, प्रकृति की गोद में यहीं आशियाना बनाया जाए।

इस इलाके में बारिश ज्यादा होती है और जल भराव भी हो जाता है। इसलिए अधिकतर घरों को जमीन से कुछ फीट ऊँचा उठाकर बनाया जाता है। कंक्रीट के बने मकान, पक्के खंभों पर बने थे तो बाँस के घने घरों को बाँस की ही बल्लियों पर बनाया गया था। पूरा रास्ता बेहद हरा-भरा और नदी-नालों से घिरा है। इस खूबसूरत रास्ते पर चलने में मुझे बेहद आनंद की अनुभूति हो रही थी। रास्ते में कई जगह पर घने जंगल पड़े। मुझे बताया गया कि इस जंगल में हाथी और गैंडे देखे जा सकते हैं।

पश्चिम बंगाल के किसी इलाके में भी गैंडे मिलते हैं। यह मुझे जलदापाड़ा से गुजरने के दौरान ही पता चला। पाठकों को यह बताना चाहता हूँ कि हाइवे पर हाथियों की अकसर आवाजाही होती रहती है। मौसम लगातार बदलता रहता है। थोड़ी ही देर में बादल आते हैं और तेज बरसात भी होने लगती है, बारिश की फुहारों के बीच सफर अत्यंत आनंददायक हो जाता है।

तीस्ता नदी

भूटान जाते समय तीस्ता नदी को पार करना पड़ता है। तीस्ता उत्तर-पूर्व की बड़ी नदी है, जिस पर जल-विद्युत् परियोजनाएँ बनाई गई हैं। दार्जिलिंग जिले से गुजरते हुए तीस्ता नदी पर बने कॉरोनेशन ब्रिज को पार करना पड़ता है। मैं अपने संसदीय दल की बैठक के सिलसिले में कई बार इन रास्तों से गुजरा हूँ। इस पुल से पूरे वेग से बहती हुई तीस्ता नदी का शानदार नजारा दिखाई देता है। यहीं से एक रास्ता गंगटोक (सिक्किम) के लिए जाता है। अगर समय हो तो कुछ देर तक यहाँ रुका जा सकता है। 1941 में बना यह पुल इंजीनियरिंग का एक बेहतरीन नमूना है। इन पुलों को देखते हुए मुझे यूरोप के पुलों की, वहाँ के भवनों की याद आ गई, जो पूरी मजबूती के साथ अपने पूरे वैभव के साथ खड़े हैं।

जयगाँव

ड्राइविंग करते भारत के अंतिम शहर जयगाँव पहुँच सकते हैं। जयगाँव भूटान की सीमा पर आखिरी भारतीय शहर है। हलचल, शोर-शराबे और ट्रैफिक जाम से भरा जयगाँव भी किसी दूसरे भारतीय शहर की तरह ही दिखता है। ट्रैफिक जाम से घिसटते, फिसलते, जयगाँव से लगी भूटान की सीमा रेखा देश की सीमाओं के बिल्कुल उलट हैं, यहाँ न बड़ी-बड़ी सुरक्षा चौकियाँ दिखाई देंगी, न ही सीमा के तनाव का माहौल, न हथियारबंद जवान दिखाई देंगे तथा न ही भयानक सुरक्षा के ताम-झाम और न ही कँटीले तारों की बाड़ दिखाई देती है। बस अपनी गाड़ी को भूटान की सीमा पर लगे गेट तक ले

जयगाँव का मनोरम दृश्य

जाइए। वहाँ खड़ा भूटान पुलिस का जवान आपसे विनम्रतापूर्वक पूछेगा कि कहाँ जाना है, उसे बताइए और भूटान में बेहिचक दाखिल हो सकते हैं। भूटान में दाखिल होते ही सब बदला सा लगेगा, एकदम से सबकुछ जैसे शांत हो गया। अभी दो मिनट पहले मैं जयगाँव में था। शोर-शराबे, भीड़ भरी सड़कें और ट्रैफिक जाम पर सीमा पार करते ही अब न तो भीड़ थी और न ही शोर-शराबा और ट्रैफिक जाम, उसे तो भूल ही जाइए। मुझे लगता है कि अधिकांश भूटानवालों को यह पता नहीं होगा कि जाम क्या होता है। भविष्य में थिंपू में और पारो में बढ़ते ट्रैफिक से इस समस्या से इनकार नहीं किया जा सकता।

शांत फुनशलिंग शहर

जयगाँव से फुनशलिंग पहुँचते ही ऐसा लगता है, जैसे कुछ ही क्षणों में दुनिया में परिवर्तन आ गया हो। भूटान की संस्कृति के हिसाब से सजी दुकानें और घर सबकुछ व्यवस्थित। सड़क पर शांति से चलती गाड़ियाँ। कहीं पर भी हिंदुस्तानी शहरों की आपाधापी देखने को नहीं मिली। भूटान में गाड़ियों के हॉर्न का इस्तेमाल जरूरत पड़ने पर ही किया जाता है। अमेरिका-यूरोप में भी लोग हॉर्न नहीं बजाते। शहरों में चलते समय शायद ही कभी हार्न सुनाई देगा।

मन-ही-मन मैं सोच रहा था कि भारत-भूटान दो करीबी देश, लेकिन कितना फर्क है, दोनों देशों के बीच। फर्क यह था कि एक ओर अव्यवस्था हावी थी तो दूसरी तरफ सबकुछ व्यवस्थित सजा-सँवरा। रात को यहाँ रुकने के लिए अच्छे होटल सस्ते दामों पर मिल जाते हैं।

भूटान में प्रवेश करते हुए आपको वहाँ की स्थापत्य कला के दर्शन हो जाते हैं, चमकीले रंगों का प्रयोग करते ये भवन समृद्धि का आभास देते हैं, साथ ही मन-मस्तिष्क में शांति के साथ एवं प्रफुल्लता आंतरिक खुशी का संचार करते हैं।

आपको लगता है; आप खुशियों के देश में आ गए हैं। कुल मिलाकर खुशियों का यह देश आपके अंदर संतोष-शांति और आंतरिक प्रसन्नता का भाव जाग्रत् करता है। यह शायद इसलिए कि आपको हर तरफ अध्यात्म, पूजा-अर्चना में लीन लोग प्रार्थना करते दिखते हैं। हाँ चलते-चलते पहाड़ों की उक्ति ध्यान में आती है। In hills its fashion is to walk not to ride in a car अर्थात् पहाड़ों में फैशन पैदल चलने का है, गाड़ियों की सवारी करने का नहीं।

शांत फुनशलिंग शहर

जैव विविधतायुक्त प्राकृतिक सौंदर्य

भूटान का प्राकृतिक वातावरण दक्षिण एशिया से असामान्य है। जहाँ एक ओर पड़ोसी देशों में वहाँ के जंगल धीरे-धीरे समाप्त हो रहे हैं, नदियाँ दूषित हो रही हैं, वहाँ पर पेड़-पौधों और जानवरों की दुर्लभ प्रजातियाँ नष्ट हो रही हैं, उनके पर्वत क्षेत्र उत्खनन व खनिककर्म से जख्मी हो रहे हैं, वहीं भूटान का वन आच्छादित क्षेत्र वास्तविक रूप से आज देश के संपूर्ण क्षेत्र में 72 प्रतिशत तक फैला हुआ है। अत्यंत दुर्लभ और विश्व स्तर पर लुप्तप्राय प्रजातियाँ जैसे बाघ, हिम तेंदुएँ, गैंडा, लाल पांडा, काले गलेवाला सारस, भूरे रंग के गलेवाला पक्षी हनिबिल तथा मोनाल पक्षी को यहाँ पर एक सुरक्षित और संरक्षित वातावरण मिलता है, जहाँ पर वे स्वच्छंद विचरण करते हैं और फलते-फूलते हैं।

हिम आच्छादित पर्वत और कल-कल करती नदियाँ, स्वच्छ व शुद्ध वायु तथा शीशे की तरह साफ नदियों का जल यहाँ की पहली विशेषताओं में से हैं, जो दिल्ली, काठमांडू, ढाका, यूरोप, अमेरिका या बैंकाक से आगंतुकों को उड़कर यहाँ तक पहुँचने हेतु आकर्षित करती हैं। विश्व के 10 जैव विविधतावाले महत्त्वपूर्ण स्थानों में भूटान का नाम शुमार है। फ्लोरा और फॉना दोनों में भूटान अत्यंत समृद्ध है। इस छोटे से देश में इतनी जैव विविधता के

प्राकृतिक सौंदर्य से भरपूर पहाड़ियाँ

जंगल के बीच बसे घर

दर्शन कर हर प्रकृति-प्रेमी उत्साहित हो उठता है।

स्तनधारियों की 200 प्रजातियाँ तथा पक्षियों की 770 प्रजातियाँ, जिनमें 72 वे भी हैं, जो लुप्तप्राय हैं, भूटान इनका निवास स्थान है। 5000 से ज्यादा पौधों की प्रजातियाँ इस देश में फल-फूल रही हैं, जिनमें लगभग 50 किस्में बुरांश, दर्जनों किस्में जंगली आरचिड और ऐसे ही अनेक पादप उत्कृष्ट रूप से खिले हुए हैं, काल्पनिक नीले अफीम के फूलों के समान।

यह अचरज करनेवाली बात है कि भूटान में प्रकृति के संरक्षण की यह दास्तान इतनी सफल कैसे हो सकी, जबकि पड़ोसी राष्ट्र पर्यावरण की रक्षा हेतु अपने सभी नियम व कानून बनाने के बावजूद इस दिशा में असफल साबित हुए हैं। ऐसा लगता है कि इसकी वजह यहाँ के आध्यात्मिक एवं धार्मिक मूल्य हैं, जिन पर भूटान की संस्कृति आधारित है और जिसके कारण ही यहाँ के लोगों का प्रकृति से गहरा रिश्ता स्थापित हुआ है।

यहाँ के लोगों पर भूटान के विकास की योजनाएँ तथा प्राथमिकताओं हेतु प्रबल प्रभाव है। आर्थिक और औद्योगिक विकास तथा व्यावसायिक गतिविधियों को शुरुआत से ही पर्यावरण की कीमत पर यहाँ संचालित नहीं होने दिया जाता है।

सबसे अच्छी बात यह है कि भूटान देश के 26 प्रतिशत से भी ज्यादा

भू-भाग को, देश की जैव-विविधता को रक्षित करने हेतु, राष्ट्रीय उद्यान तथा संरक्षित इलाकों के रूप में घोषित किया गया है, जबकि इनमें से कई क्षेत्रों में मूल्यवान खनिज और धातुओं की भरमार है।

भूटान के पशु, पक्षियों तथा पेड़-पौधों की अमूल्य संपत्ति एवं किस्मों को देख पाने का एकमात्र अति उत्तम स्थान रॉयल मानस राष्ट्रीय उद्यान है। निस्संदेह यह संपूर्ण हिमालय में एक उन्नत जैव विविधतावाला एक ऐसा आदर्श स्थान है, जहाँ पर पारिस्थितिकी तंत्र को सुरक्षित रखा गया है।

यहाँ पर वृक्षों की 348 प्रजातियाँ, जड़ी-बूटियों की 400 किस्में, जिनमें ज्यादातर चिकित्सीय मूल्य की हैं तथा मुश्किल से मिलनेवाली फूलदार पौधों की एक जाति 'आर्किड' की नौ किस्में मौजदू हैं।

प्राणी जगत् में स्तनधारियों की 45 प्रजातियाँ विद्यमान हैं, जिनमें बाघ, एक सींगवाला गेंडा तथा गोल्डन लंगूर शामिल हैं तथा 350 से भी अधिक पक्षियों की प्रजातियाँ हैं, जिनमें दुर्लभ गहरे लाल रंग के गलेवाला 'हार्नबिल', 'पालास', मछली पकड़नेवाला बाज और भूरे रंग की छातीवाला तीतर शामिल हैं। भूटान के लोग, नीति-निर्माता, विकास और पर्यावरण संरक्षण में समन्वय बिठाना जानते हैं। अन्य पड़ोसियों की तरह उन्होंने विकास की अंधी दौड़

भूटान का एक सुंदर गाँव

में न पड़कर पर्यावरण संरक्षण-संवर्द्धन को अपना राष्ट्र-धर्म माना। कठोर अनुशासन और प्रबल इच्छाशक्ति के धनी भूटान के लोगों ने निश्चित रूप से अपने पड़ोसियों के लिए अनुपम उदाहरण प्रस्तुत किया है। अपने देश में नियमों की धज्जियाँ उड़ाकर पर्यावरण हमारी अंतिम प्राथमिकता होती है। अग्रज भारत को अपने अनुज भूटान से इस दिशा में सीखने की नितांत आवश्यकता है।

1000 वर्ग कि.मी. से भी बड़े क्षेत्र में फैले इस जादुई वन साम्राज्य पर दो स्थानीय देवताओं का राज चलता है। 'तेवाराजा' और 'देवाराजा' जिनका गढ़ पर्वत पर है, यहाँ से उद्यान के अतिथिगृह पर नजर रखी जा सकती है।

□

ग्रास नेशनल हैप्पीनेस वाला देश

सदियों से समूचा हिमालय क्षेत्र योग, अध्यात्म, धर्म और साधना के लिए जाना जाता रहा है। कई धर्मों का उद्‌भव हिमालय से हुआ और आज भी ये देश अध्यात्म से जुड़े लोगों को सदैव से अपनी तरफ आकर्षित करते आए हैं। भूटान हो, भारत हो या नेपाल हो, यहाँ पर विदेशी लोग शांति, आंतरिक प्रसन्नता तथा संतोष की खोज में आते हैं। हिमालय परमशांति और संतोष का केंद्र है। यहाँ के लोग भौतिकवादी प्रगति की अंधी दौड़ में न पड़कर आंतरिक सुख की अनुभूति के लिए अपने आस्था के मार्गों पर अग्रसर रहते हैं। भूटान द्वारा ग्रास नेशनल हैप्पीनेस का विचार प्रतिपादित किया गया, यह महज संयोग नहीं है। ग्रास नेशनल हैप्पीनेस के विचार को विश्व के समक्ष वही रख सकता है, जिसने इसे पूरी शिद्दत से महसूस किया हो और मेरा मानना है कि सुख-शांति की जो सच्ची अनुभूति हिमालय में हो सकती है, वैसी कहीं और नहीं।

मैंने लोकसभा में संयुक्त राष्ट्र के सतत विकास लक्ष्यों पर कई बार अभिभाषण दिया। मुझे कहीं-न-कहीं लक्ष्यों की पूर्ति, शांति, सद्‌भाव और आंतरिक प्रसन्नता के विचार से मिलती हुई दिखती है। कहीं-न-कहीं इन्हीं लक्ष्यों से जुड़ा हुआ नार्वे, स्विट्‌जरलैंड, फिनलैंड, डेनमार्क, नीदरलैंड, कैनेडा, न्यूजीलैंड आज हैप्पीनेस में विश्व की अगुवाई कर रहे हैं।

देशों के हैप्पीनेस क्योशेंट के लिए मानक निर्धारित कर उन्हें वर्गीकृत किया जाता है। मुझे लगता है कि हैप्पीनेस क्योशेंट पर अभी भी शोध किया जाना बाकी है। भौतिक प्रगति के कितने मानकों को हैप्पीनेस क्योशेंट में

शामिल किया जाए, यह अभी तक बहस का विषय है। संयुक्त राष्ट्र का हैप्पीनेस इंडेक्स भूटान के मूल्यांकन से काफी अलग है। मेरा मानना है कि मानव संसाधन क्षेत्र में कार्य कर रहे व्यावसायिक लोग, कंपनियाँ, स्यवंसेवी संगठन, शोध संस्थान, विश्वविद्यालय, नीति-निर्माता तथा विशेषज्ञ अधिक शोध कर एक ऐसा ढाँचा तैयार करें, जिसे मानकों की स्वीकार्यता के बाद सभी स्थानों पर लागू किया जा सके।

संयुक्त राष्ट्र के हैप्पीनेस इंडेक्स में निम्न क्षेत्रों में ध्यान दिया जाता है। इसमें (1) सामाजिक सुरक्षा, (2) सामाजिक स्वतंत्रता, (3) प्रति व्यक्ति जी.डी.पी., (4) लोगों में उदारता, (5) शिशु मृत्यु दर मुख्य हैं। विश्व में फिनलैंड सभी देशों को पछाड़कर प्रथम स्थान पर है। नार्वे, डेनमार्क, आइसलैंड क्रमशः दूसरे-तीसरे और चौथे स्थान पर हैं। भूटान के सकल राष्ट्रीय प्रसन्नता के विचार ने पूरे विश्व को किसी न किसी रूप में प्रभावित अवश्य किया है। मुझे लगता है ग्रास नेशनल हैप्पीनेस के सिद्धांत के लिए समर्पित यह राष्ट्र विकास की राह पर अग्रसर है, परंतु साथ-ही-साथ जीवन में प्रसन्नता को महत्त्व देते हुए आंतरिक प्रसन्नता और भौतिक विकास के मध्य समन्वय बैठाने का प्रयास कर रहा है। जहाँ इससे एक ओर आत्म निर्भरता के विचार को बल मिला है, वहीं सुशासन के जरिए गरीब और अमीर

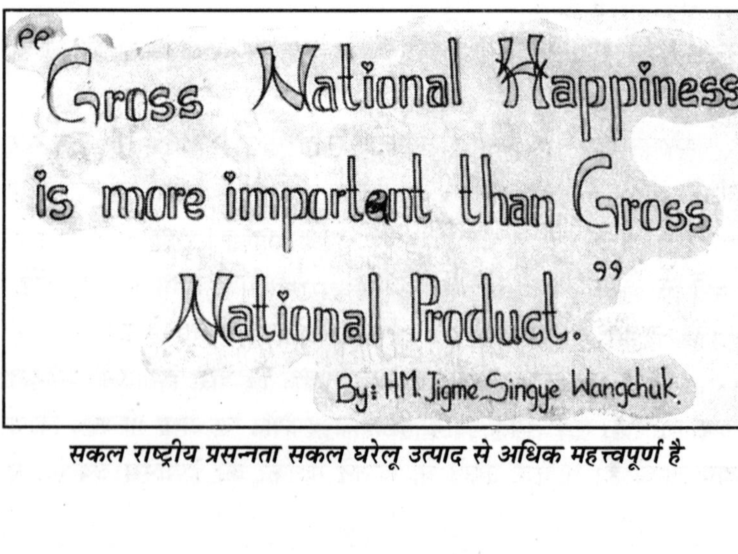

सकल राष्ट्रीय प्रसन्नता सकल घरेलू उत्पाद से अधिक महत्त्वपूर्ण है

लोगों के फासले को कम करते हुए लोगों का सशक्तीकरण कर उन्हें समृद्धि की ओर ले जाने की कवायद को बल मिला है।

जैसा कि सर्व विदित है, ग्रास नेशनल हैप्पीनेस का विचार पूर्व भूटान नरेश ने सन् 1970 के दशक के दौरान दिया। समय बीतता गया और आज यह विचार संपूर्ण विश्व में जन-जन तक पहुँचा है। भूटान नरेश ने 70 के दशक के दौरान यह विचार प्रतिपादित किया कि क्यों हम भौतिक प्रगति के मापदंडों में अपने को बाँधकर मानवीय विकास के मानक निर्धारित करें। उनके अनुसार हर मनुष्य का अंतिम लक्ष्य प्रसन्नता प्राप्त करना होता है, ऐसी स्थिति में हमें अपनी प्रगति के मानकों को आंतरिक प्रसन्नता से मापने का काम करना चाहिए।

ग्रास नेशनल हैप्पीनेस के चार मुख्य स्तंभ हैं, जो इस प्रकार हैं—(1) सामाजिक-आर्थिक विकास, (2) सांस्कृतिक और धार्मिक धरोहर का संरक्षण, (3) पर्यावरण की रक्षा, (4) सुशासन और समान व्यवहार। GNH को भूटान ने अपनी विकास योजना का प्रमुख हिस्सा बनाया है। ग्रास नेशनल हैप्पीनेस का उपयोग भूटान की सभी योजनाओं में होता है, चाहे थिंपू हो या फिर सुदूरवर्ती गाँव में योजनाओं के क्रियान्वयन का प्रश्न हो। प्रसन्नता सूचकांक वर्ष 2010-15 तक भूटान में प्रसन्न व्यक्तियों की संख्या बढ़ी है। आँकड़ों के अनुसार—

(1) अत्यंत प्रसन्न 8.4 प्रतिशत

(2) प्रसन्न 35 प्रतिशत

(3) थोड़े से प्रसन्न 47.9 प्रतिशत

(4) उदास 8.8 प्रतिशत

भूटान में यह बात भी सामने आई है कि महिलाएँ पुरुषों से ज्यादा प्रसन्न नहीं हैं। शहरी क्षेत्रों में रहनेवाले अधिक प्रसन्न हैं। किसानों की अपेक्षा अन्य कार्यों में लगे लोग ज्यादा प्रसन्न हैं। शादीशुदा लोग और अधिक पढ़े-लिखे लोग ज्यादा प्रसन्न हैं। पारिवारिक रिश्तों को तोड़ चुके लोग या तलाकशुदा लोगों में कम प्रसन्नता देखने को मिलती है।

भूटान के शासन नीति-निर्माताओं का यह मानना है कि जी.डी.पी. केवल आपकी आर्थिक समृद्धि पर प्रकाश डाल सकती है, परंतु आपके अंदर की प्रसन्नता, सुख-संतोष का मूल्यांकन करने हेतु अलग मापदंड चाहिए।

हमें अपनी ऊर्जा, अपनी सोच से अपने कृत्य, विश्व में शांति-सद्भाव का वातावरण बनाना चाहिए। जैसा मैंने पहले लिखा, वर्ष 2010 से लेकर वर्ष 2015 तक प्रसन्न लोगों के प्रतिशत में 1.5 प्रतिशत की बढ़ोतरी देखी गई। भूटान की सरकार कृतसंकल्प है कि भूटान की स्थिति सुधारी जाए, यह विशेषकर इसलिए महत्त्वपूर्ण है, क्योंकि दक्षिण एशिया के देशों में संयुक्त राष्ट्र प्रसन्नता संकेतांक चिंतनीय स्थिति में है।

पाकिस्तान 75वें स्थान पर है, जबकि भूटान 97वें स्थान पर है। बँगलादेश 115वें स्थान पर, भारत 133वें स्थान पर और अफगानिस्तान 145वें स्थान पर है। मार्च 20 को अंतरराष्ट्रीय प्रसन्नता दिवस मनाया जाता है।

भूटान ग्रास नेशनल हैप्पीनेस अध्ययन और शोध संस्थान के प्रमुख डाशो करमा यूरा ने कहा कि यह अत्यंत आवश्यक है कि हम सब अर्थशास्त्र से बाहर निकलकर ऐसे संकेतकों का विकास करें, जो आंतरिक प्रसन्नता की बात करें। यूरा ने कहा कि जब देश बंदूकों व गोलियों से संघर्ष कर रहे हों, ऐसी स्थिति में प्रसन्नता का संकेतक पूरे विश्व के लिए आवश्यक है।

साधारण जीव है 'खुशहाली' का कारण

भूटान को दुनिया का सबसे खुशहाल देश यूँ ही नहीं कहा जाता है। इसकी एक खास वजह है। दरअसल भूटान ने विदेशियों को अपने देश में आने की कभी अनुमति नहीं दी। वे हमेशा से प्रकृति के नजदीक रहे और बौद्ध शिक्षाओं पर चले हैं। 1970 के दशक में अंतरराष्ट्रीय स्तर पर इस देश के विकास पर चर्चा हुई, हालाँकि कोई भी भूटान के बारे में नहीं जानता था। इसके बाद 1974 में पहली बार विदेशियों को भूटान में अंदर आने की अनुमति मिली, हालाँकि यह काम आज भी काफी मशक्कत वाला है।

देश का अधिकांश हिस्सा पहाड़ी है और दक्षिण में थोड़ी सी जमीन

भूटान के विश्वविद्यालय में सकल राष्ट्रीय प्रसन्नता का अध्ययन करते भूटानी और विदेशी छात्र

समतल है, जहाँ लोग रहते हैं। भूटान का 60 प्रतिशत से ज्यादा हिस्सा अब भी घने जंगलों से ढका हुआ है। यही कारण है कि लोग प्रकृति के नजदीक हैं और उसी पर निर्भर हैं। पर्यावरण को नुकसान न हो, इसलिए कभी किसी ने पॉलीथिन का उपयोग तक नहीं किया। रात को सड़कों पर लाइटें नहीं जलतीं। जरूरत पड़ने पर लोग अब भी लालटेन का इस्तेमाल करना ज्यादा पसंद करते हैं। मुझे लगता है भूटान के लोग उदार हैं।

खुद कम रोशनी में जीनेवाला भूटान भारत को बिजली सप्लाई करता है। यहाँ कचरा फैलाना किसी गुनाह से कम नहीं है। यही कारण है कि भूटान दुनिया में सबसे साफ-सुथरा देश भी है।

सादगी का आलम यह है कि 1960 के दशक तक देश में कहीं भी सड़क नहीं थी। लोग गाड़ियों के बारे में जानते तक नहीं थे। टेलीफोन, मोबाइल, इंटरनेट के बारे में तो दूर-दूर तक किसी को कोई जानकारी नहीं थी।

सन् 1999 में पहली बार देश में टी.वी आया और कुछ सालों बाद लोगों को इंटरनेट की सुविधा मिली, हालाँकि भूटानियों ने इसे इलेक्ट्रॉनिक आक्रमण

करार दिया और इसके इस्तेमाल पर ज्यादा गौर नहीं किया। यही वजह है कि आज भी भूटान में एक भी सिनेमाघर नहीं है।

भूटान में लोग बहुत धीमी आवाज में बातें करते हैं। उनका मानना है कि धरती के हर कण में भगवान् बुद्ध का निवास है। वे हर समय ध्यान की मुद्रा में रहते हैं। यदि जोर से आवाज की गई तो उनका ध्यान भंग हो जाएगा। पहली बार जब प्रधानमंत्री नरेंद्र मोदी भूटान गए थे, तब पहली बार इस परंपरा को तोड़ा गया। प्रधानमंत्री के भाषण के लिए लाउडस्पीकर लगाए गए, हालाँकि इसका अर्थ यह नहीं कि वे पिछड़े हुए हैं। मैंने देखा दरअसल यहाँ मेडिकल, इंजीनियरिंग जैसी सभी मूलभूत सुविधाएँ मौजूद हैं। इसके बावजूद यहाँ हर चीज का सीमित उपयोग ही किया जाता है। भूटान में लोग बड़े देशों की तरह हरदम काम ही नहीं करते। भिक्षुओं द्वारा बसाए इस देश में संतोष ज्यादा है।

वे हर चीज को समय देते हैं। जरूरत के हिसाब से नौकरी की जाती

जी.एन.एच. का स्रोत

है और बाकी समय परिवार और ध्यान लगाने के लिए होता है। विवाह को धार्मिक पद्धति के तहत अंजाम दिया जाता है। यहाँ पर महिलाओं का काफी सम्मान है। समाज में उन्हें सारे अधिकार प्राप्त हैं। भूटान की ब्रोक्पा जनजाति में एक महिला को दो पुरुषों से विवाह की अनुमति है। वह चाहे तो दोनों पति एक साथ एक ही घर में रह सकते हैं। यहाँ पुरुषों से ज्यादा महिलाओं की शारीरिक इच्छाओं का सम्मान किया जाता है। यही कारण है कि भूटान में तलाक होना तो दूर पति-पत्नी के बीच विवाद तक नहीं होते। भूटान के खुश रहने का यह भी एक कारण है।

यह सब जीवन इतने शांतिपूर्ण तरीके से जीते हैं कि अपने आप ही सब खुश हो जाते हैं। भूटानियों के बारे में खास बात यह है कि वे कभी किसी की बुराई नहीं करते। उनका मानना है कि बुराई करने से नकारात्मक ऊर्जा फैलती है। यह ऊर्जा प्रकृति के पास पहुँचती है और उसे नुकसान पहुँचाती है। यहाँ के लोगों को अनाज, मुर्गीपालन, डेयरी से बने उत्पाद खाने की आदत है।

एमाद़ात्शी भूटान का राष्ट्रीय पकवान माना जाता है। यदि घर में कोई शुभ कार्यक्रम है तो नमक, मक्खन, चाय के साथ इसे परोसा जाता है। भूटानियों को धर्म और परंपराओं में विश्वास है। वे अतिथियों का स्वागत सुपारी देकर करते हैं। अनाज का उपयोग करने से पहले विशेष पूजा की जाती है। हर साल अनाज का कुछ हिस्सा पूर्वजों के नाम से निकाला जाता है।

भूटान के लोगों को आत्माओं और पुनर्जन्म पर बहुत विश्वास है। इसलिए वे अपने पूर्वजों की स्मृतियों को जंगलों में सुरक्षित रखते हैं। यहाँ भगवान् की पूजा के बाद देश के राजा-रानी की पूजा की जाती है। नए साल की शुरुआत में जहाँ पूरी दुनिया हैप्पी न्यू इयर विश कर रही होती है, वहीं भूटानी एक-दूसरे को जन्मदिन की बधाई देते दिखते हैं।

ऐसा इसलिए, क्योंकि इस देश में हर व्यक्ति का अपना जन्मदिन नहीं है। यहाँ सभी एक साथ एक ही दिन जन्मदिन मनाते हैं। तभी तो यह देश इतना खुश है। तो अब आप समझ ही गए होंगे कि आखिर क्यों भूटान दुनिया में सबसे ज्यादा खुशहाल है। हर किसी को भूटान से सीखना चाहिए कि असली

खुशी दिखावे में नहीं है। इच्छाएँ और कल्पनाएँ सीमित हों तो सुख आसपास ही नजर आता है।

भूटान में पर्यावरण सुरक्षा उपायों को पड़ोसी देशों द्वारा की गई गलतियों को ध्यान में रखकर तैयार किया गया है। इनमें वह नियम शामिल है, जिनमें यह सुनिश्चित करना होता है कि देश में वन क्षेत्र कभी भी 60 प्रतिशत से कम न होने पाए और किसी भी उद्योग या व्यावसायिक गतिविधि, जिनसे पर्यावरण को क्षति पहुँच रही हो और वन्य जीवन को भयग्रस्त कर रहे हों, उन्हें चलाने की यहाँ पर अनुमति नहीं है।

यह नीति उदाहरणार्थ नदियों पर संचालित सभी विद्युत् परियोजनाओं पर भी लागू की गई, जिससे किसी भी प्रकार की पारिस्थितिक क्षति और बड़े बाँधों से वहाँ के लोगों के निवास को डूबने का खतरा पैदा नहीं हुआ। पर्यावरणीय संवेदनाओं की लाभप्रदता पर कोई भी नकारात्मक प्रभाव नहीं पड़ा। इनसे देश को अब 40 प्रतिशत राजस्व प्राप्त होता है और इससे भूटान की आर्थिक संपन्नता और स्वतंत्रता सुनिश्चित भी होती है।

पर्यावरणीय एवं सांस्कृतिक प्रसंगों में सामूहिक पर्यटन की भावना को

संतुष्ट एवं प्रसन्न भूटानी वृद्ध

निरुत्साहित करने और देश के कई उन्नत प्राकृतिक संसाधनों जैसे ताँबा वगैरह के संदोहन का त्याग करने के लिए निर्देशित किया गया है। जैसा कि इन सभी कृत्यों के परिणामस्वरूप मनुष्यों के साथ-साथ प्राकृतिक निवासों को क्षति पहुँचने की प्रबल संभावना बनी रहती है।

अद्वितीय सांस्कृतिक परंपराएँ, जिन्होंने भूटान को एक अलग पहचान दिलाई है, उन्हें नियमों द्वारा संरक्षित किया गया है, जैसे कि सभी भूटानवासियों को सार्वजनिक रूप में राष्ट्रीय पोशाकें पहननी होती हैं, जिससे भूटान की अद्भुत बुनाई परंपरा को जीवित रखा जाता है।

देश में बनाई जानेवाली सरकारी एवं निजी बिल्डिंग को भूटान की उत्तम पारंपरिक वास्तुकला की रचनाओं व नियमों का पालन करना अनिवार्य है, परंतु यह नियम निश्चित रूप से बिल्डिंग के भीतर आधुनिक सुविधाओं को खारिज नहीं करता। पारंपरिक कला एवं शिल्प के उच्च मानकों को बनाए रखते हुए सरकार व पुरोहित वर्ग द्वारा नियमित सहायता तथा किलों एवं मठों के उद्धारीकरण व नवीकरण हेतु बड़ी परियोजनाओं द्वारा प्रोत्साहित किया जाता है।

भूटान की आध्यात्मिक संस्कृति वहाँ के जीवन के हर पहलू के साथ-साथ सरकार में भी निहित है। राज्य-समर्थित साधुओं के समूह की शक्ति लगभग पाँच हजार है। मुख्य महंत 'जे कैंपो' भूटान का आध्यात्मिक मुखिया है, जिसका चुनाव केंद्रीय मठ की कार्यकारिणी द्वारा किया जाता है, यहाँ तक कि पहली शताब्दी में भी साधुओं ने त्योहारों एवं संस्कारों के मार्ग और दिशा निर्देशों, सलाह और आश्वासन उपलब्ध कराने हेतु सामाजिक तौर पर आवश्यक व महत्त्वपूर्ण भूमिका निभाई। लगभग तीन हजार अन्य साधुओं को निजी संरक्षण द्वारा समर्थन प्राप्त है।

यहाँ पर 'गोमचेंस' नाम की बौद्ध भिक्षुओं की एक संस्था भी है, ये वे लोग हैं, जो यहाँ पर अपने परिवार सहित हैं। अभी तक इनके द्वारा धार्मिक शिक्षाओं को अर्जित किया जाता है, जो कि उन्हें प्रार्थना करने तथा धार्मिक समारोह के संचालन की अनुमति प्रदान करती हैं।

एक गाँव से दूसरे गाँव तक यात्रा करते हुए, जहाँ उनकी सेवाओं की आवश्यकता होती है, वहाँ पर वे अपनी महत्त्वपूर्ण भूमिका निभाते हैं।

जब भिक्षुक या साधु योग्य और उच्च शिक्षित होते हैं, समाज में प्रतिष्ठित होते हैं और राय बनाने में प्रभावशाली होते हैं, ये लोग राष्ट्रीय जीवन के आधार पर जनता के स्वास्थ्य, परिवार नियोजन और 'एड्स' के प्रति जागरूकता एवं बचाव के क्षेत्र में सामाजिक बदलाव के उच्च प्रभावी प्रतिनिधि के रूप में एक नई महत्त्वपूर्ण भूमिका निभाते हैं।

आज भूटान में 'जी.एन.एच.' (सकल राष्ट्रीय खुशी) की नीतियों के ठोस साक्ष्य मौजूद हैं। सन् 1985 से 2011 तक भूटान में जीवन की उम्मीद 47 सालों से 66 तक ऊपर की गई है। यहाँ पर साक्षरता 23 प्रतिशत से 59 प्रतिशत तक बढ़ी है तथा प्राथमिक विद्यालयों में पंजीकरण की संख्या 90 प्रतिशत तक पहुँच चुकी है।

अब यहाँ पर देश के भीतर तीस अस्पताल हैं, जिनमें 176 मूलभूत स्वास्थ्य इकाइयाँ और 476 शैक्षणिक संस्थान हैं। पर्यावरण के क्षेत्र में 'भूटान' का नाम उसकी जैव विविधतारूपी संपत्ति और अपने प्राकृतिक संसाधनों के अनुकरणीय प्रबंधन के लिए दुनिया के दस में से एक जैव विविध संवेदनशील स्थानों में आता है।

इन सभी सफलताओं का श्रेय चतुर्थ सम्राट् की नीतियों के कार्यान्वयन पर निकटतम व्यक्तिगत देख-रेख को जाता है, जिसे परंपरागत रूप से पाँचवें राजा द्वारा आगे बढ़ाया गया।

सम्राट् 'जिग्मे खेसर नामग्याल वांगचुक' ने परियोजनाओं के विकास और लोगों की सोच एवं सुझाव जानने के उद्देश्य से अपने जीवन के ज्यादातर समय पर संपूर्ण राष्ट्र में यात्राएँ और कई बार पदयात्राएँ भी कीं। आज प्रत्येक भूटानी नागरिक की सम्राट् तक पहुँच है और कोई भी व्यक्तिगत तौर पर राजा के समक्ष याचिका प्रस्तुत कर सकता है।

एक जवाबदेह और भागीदारीवाली शासन प्रणाली उपलब्ध कराने का चतुर्थ सम्राट् का लक्ष्य इस प्रकार था कि उन्होंने धीमे और नियमित चरणों में

मौलिक बदलावों का परिचय करवाया और निरंतरता से 25 वर्षों तक कार्य किया।

मार्च, 2008 को भूटान में प्रथम आम चुनाव आयोजित किए गए, जिसमें बड़ी संख्या में अपने मताधिकार का प्रयोग करने और अपनी पहली संसद् को चुनने हेतु लोग उमड़ पड़े तथा जुलाई 2008 में औपचारिक तौर पर संविधान को अपनाया गया। यह संभव हुआ संक्रमण काल से बाहर निकलने के लिए उठाए गए पहले कदम से और एक साम्राज्य से संसदीय लोकतंत्र की ओर बढ़ने से। वर्ष 2008 में पाँचवें सम्राट् का औपचारिक राज्याभिषेक किया गया।

आज प्रत्येक भूटानी नागरिक इस बात के लिए आश्वस्त है कि भूटान का स्वर्णिम काल, जो चतुर्थ सम्राट् के राज्य काल में प्रारंभ हुआ, यह आगे पाँचवें राजा के शासनकाल में भी जारी रहेगा। अपने राज्याभिषेक के दौरान दिए गए संबोधन में लोगों के समक्ष ली गई प्रतिज्ञा, उनकी वाक्पटुता और शासन प्रबंध के उत्तम विचार का द्योतक है। जैसा कि राजा ने अपने संबोधन में कहा कि "मेरे साम्राज्य में चारों ओर, मैं कभी भी आप पर एक राजा की तरह राज नहीं

मठों में प्रसन्नता

मठों में प्रसन्नचित भूटानी बच्चे

करूँगा। मैं आपकी एक अभिभावक की तरह रक्षा करूँगा, एक भाई की तरह देखभाल करूँगा, एक पुत्र की भाँति आपकी सेवा करूँगा, मैं आपको सबकुछ दूँगा और अपने पास कुछ नहीं रखूँगा। मेरे कोई भी निजी लक्ष्य नहीं हैं, सिवाय आपकी उम्मीदों एवं आकांक्षाओं को पूर्ण करने के। मैं आपकी दिन-रात, दयालुता, इंसाफ और समानता के भाव से सेवा करता रहूँगा।"

□□□